Les Margotins

JUVENIA

2024

Nathalie Azoulai est une romancière française, lauréate du prix Médicis pour *Titus n'aimait pas Bérénice* en 2015.

NATHALIE AZOULAI

Juvenia

STOCK

ISBN : 978-2-253-94073-9 – 1re publication LGF

Le 27 janvier d'une année proche et lointaine de la nôtre, il fut établi que l'union d'un homme avec une femme de plus de vingt ans sa cadette serait désormais interdite par la loi et passible de peines sévères, plus sévères encore dans le cas où cette union aurait engendré un ou plusieurs enfants, nés ou à naître.

Après moult débats et controverses qui avaient atteint leur paroxysme à la période de Noël, on trouva bon de rappeler que ces unions représentaient de graves préjudices et d'en lister les victimes par ordre croissant :

– les enfants nés d'une telle union qui devraient s'accommoder d'un père âgé à leur naissance et d'une entente parentale forcément vouée à se dégrader du fait de l'asymétrie des âges ;

– les jeunes femmes trop enclines à se laisser conduire par des hommes mûrs, à river leurs ambitions court-termistes à l'assise de ces derniers et finalement à se brader dans d'indignes transactions ;

– les femmes mûres trop souvent délaissées par leurs congénères au profit de cadettes naturellement avantagées, et vouées à passer le restant de leurs jours dans d'injustes solitudes, ou à se résoudre à leur tour à s'unir à des compagnons de vingt ans leurs aînés, aggravant le phénomène bien malgré elles. Ou, pire encore, à devoir s'unir à des femmes délaissées comme elles et ainsi agrandir le fossé entre les sexes ;

– l'existence des générations dont une société devrait toujours respecter l'ordre et l'étagement méthodique sous peine de favoriser le chaos.

C'est à cet effet que le texte prévoyait d'aussi lourdes peines à l'encontre de femmes qui s'uniraient à des hommes de plus de vingt ans leur cadet.

Enfin, la loi stipulait que l'interdiction ne pourrait être levée qu'à deux conditions :

– que la science ait trouvé un moyen pour que les hommes ne vieillissent pas afin que les enfants nés de telles unions ne pâtissent d'aucune diminution physique et/ou psychique ;

– que l'âge de la ménopause des femmes soit retardé d'une dizaine d'années au moins afin que le troisième préjudice énoncé soit rendu partiellement caduc.

Mais, à ce stade, les autorités ne pouvaient

dire si cette dernière condition serait le fait d'un progrès scientifique ou d'une mutation anthropologique qui s'étalerait sur plusieurs siècles d'humanité.

Où cette disposition fut-elle votée ?

À Juvenia, vieille république européenne depuis toujours tapie dans l'ombre de la France, dont le nouveau régime féministe marqua en ce 27 janvier sa dissidence historique en s'engageant à :

– rompre avec le sens même de son nom qui célébrait le primat de la jeunesse ;

– marteler sa volonté de contenter sans les opposer toutes les femmes, les cadettes et les aînées, les cadettes étant vouées à devenir un jour des aînées ;

– veiller sur l'ordre des générations.

Les autres pays européens et les autres continents regardèrent l'affaire avec attention, voire tentation, comme la Suisse, où les femmes du parlement espéraient avoir bientôt raison de toutes ces kalachnikovs venues des pays de l'Est armer les bras tremblants de leurs vieux maris. Ou l'Amérique, qui supportait mal d'avoir été devancée par une telle révolution des mœurs mais dont le président, venant d'épouser une jeune transsexuelle de trente ans sa cadette, ne savait sur quel pied danser.

Partout ailleurs, et surtout en France, on se demandait si une telle loi relevait plutôt d'un libéralisme paradoxal, d'un antimalthusianisme voué à contrer la pénurie, ou d'un extrême retour en arrière qui méprisait ostensiblement la très cruciale question du genre.

Plus cyniques, certains pays pauvres savaient aussi que les Juvéniens, de tempérament latin, ne respecteraient une telle interdiction qu'en trouvant sur leurs terres des consolations qu'ils comptaient bien monnayer à leur avantage.

Après une stupeur qui dura quelques heures, les hommes d'âge mûr crièrent au scandale à coups de tribunes, de pamphlets et autres appels à l'insurrection.

Les jeunes femmes invoquèrent la sacro-sainte liberté de l'amour lors de manifestations monstres où elles rencontrèrent, bien sûr, des hommes indignés, ce qui provoqua instantanément de nouvelles effractions et, par conséquent, de nouvelles frustrations.

Les femmes plus âgées se réjouirent mais uniquement sous cape, car c'eût été sinon reconnaître et leur délaissement et leur défaut de séduction ; c'eût été surtout avaliser une mesure des plus coercitives, voire tout à fait réactionnaire, digne du plus totalitaire des régimes et de la plus effroyable dystopie. Or ces femmes avaient déjà bien assez de problèmes pour ne pas, de surcroît, parader en harpies vengeresses.

Quant aux jeunes hommes, ils célébrèrent bruyamment l'événement, contents de disposer enfin de leur dû sans plus avoir à partager leurs conquêtes avec leur père, voire leur grand-père.

À toute cette agitation, le régime de Juvenia mit rapidement bon ordre et le calme revint.

Parmi les millions de sujets que la loi affecta, Laure, Juvena, Théo, Sabine, Pierre et Martin Knopp en furent frappés de plein fouet.

Chaque matin, devant sa glace, Laure déplorait les effets de l'âge sur sa peau, ses cheveux, sa silhouette, et ce, malgré tous les efforts et le sport qu'elle pratiquait assidûment. Elle songeait aussi invariablement au corps parfait de Juvena Biel qui s'exhibait dans les films où elle se produisait et dont Pierre, son ex-mari, profitait avantageusement depuis qu'il avait épousé la trentenaire en la ravissant à des cohortes de jeunes premiers.

Laure savait se montrer particulièrement désobligeante quand, autrefois de vive voix, puis désormais au téléphone, elle hurlait aux oreilles de Pierre que Juvena était d'ailleurs peut-être l'unique et seule raison pour laquelle il avait choisi d'être producteur de cinéma, convoiter de jeunes et belles actrices ad vitam, puisque, au fond, ça ne pouvait pas être par amour du cinéma qu'il produisait d'aussi piètres films, certes des succès mais toujours des navets. Des navets qui te font vivre royalement, lui rétorquait alors Pierre, ce qui avait pour effet de calmer les invectives de Laure car, à l'humiliation d'avoir été délaissée pour une jeunesse, elle ne souhaitait pas ajouter celle de passer pour une femme entretenue.

Universitaire et donc fonctionnaire, Laure aurait très bien pu se passer des deniers de Pierre, mais vu le train de vie qu'il lui avait offert pendant vingt ans, elle avait bénéficié d'une généreuse prestation compensatoire au moment du divorce, laquelle lui avait permis de continuer à mener plus grand train que ses collègues – un point d'honneur dans sa vie – et à pratiquer sa passion éhontée : plonger aux Maldives en plein mois de février.

Depuis trois ans qu'elle partait seule, pourtant, le cœur n'y était plus : elle plongeait souvent avec des hommes plus jeunes qui appréciaient sa parfaite maîtrise sans pour autant goûter la toujours aussi parfaite silhouette que moulait sa combinaison. Quand il leur arrivait d'être plus vieux, ce qui était plus rare, elle les trouvait en général secs et burinés comme des flibustiers. Si bien que, après quelques tentatives, Laure préféra se passer de plongée mais pas de sa prestation compensatoire que désormais, plus banalement, elle dépensait en soins et en injections prodigués par les meilleurs chirurgiens esthétiques, banalité que pulvérisaient les exclamations extatiques qui fusaient quand elle révélait son âge. Car Laure ne cachait à personne qu'elle avait cinquante-trois ans et que son mari, comme des dizaines d'autres, l'avait quittée trois ans plus tôt pour une femme de vingt-cinq ans, alors qu'ils avaient quasiment grandi ensemble. Mais, précisément, le grand producteur que Pierre était devenu avait eu envie de rayonner auprès d'une femme qui n'aurait aucun souvenir du jeune ambitieux poussif et désargenté qu'il avait été, et qui le regarderait toujours hissé au faîte d'une gloire disons de toute éternité.

Quand Laure avait appris que c'était pour Juvena Biel, actrice encore débutante et préposée à des rôles plutôt tertiaires que secondaires, elle avait d'abord été mortifiée par la jeunesse et la beauté de sa rivale, puis très vite, était-ce défensif, elle s'était mise à penser que Pierre l'avait quittée pour une créature d'une autre espèce qui ne lui était en rien comparable et contre laquelle elle ne pouvait pas lutter.

Il n'en demeurait pas moins qu'elle était traumatisée : lorsqu'elle se regardait dans le miroir le matin, Laure apercevait sous la sienne la chair fraîche et tendue de Juvena, le spectre de ses petits seins fermes, de ses hanches étroites et de ses genoux parfaits, ce qui la décidait tantôt à redoubler d'efforts pour cultiver sa forme, tantôt à baisser les bras.

Jusqu'au matin du 27 janvier où l'on annonça le vote de la nouvelle loi à la majorité parlementaire et où, en un instant, devant sa glace, Laure crut devenir la reine à laquelle le chasseur vient d'annoncer qu'il a tué Blanche-Neige dans la forêt. Un immense sourire lui mangea le visage. Et, comme dans une bulle de bande dessinée ou un néon dans la nuit, elle put lire l'énoncé qui motivait ce sourire : ENFIN VENGÉE. Ne restait plus qu'à ouvrir de ses mains la boîte qui contiendrait le cœur sanguinolent de la victime.

Le 27 janvier, Juvena venait, quant à elle, de jeter à la poubelle le test qui lui apprenait qu'elle était enceinte de Pierre. Coutumière des décisions vives et rapides qui lui valaient d'être souvent gratifiée de l'expression anglo-saxonne *she's a gun*, elle se tordit les mains quelques minutes en regardant son profil dans le miroir de la chambre. Soit elle considérait que cette loi stupéfiante ne tiendrait pas plus de quinze jours et que tout rentrerait dans l'ordre, soit il lui fallait trouver une ruse pour garder Pierre et l'enfant de Pierre sans s'exposer à une condamnation. Elle aurait tout aussi bien pu décider dans la seconde de ne pas garder cet enfant mais, pour une raison obscure, cette option ne la traversa même pas. Après un désarroi qui la figea encore une demi-heure dans sa salle de bains, elle résolut de ne pas révéler sa grossesse à Pierre et d'invoquer la paternité d'un homme de son âge qu'elle ne nommerait jamais mais qui pourrait, par exemple, être Théo qui l'aimait éperdument depuis cinq ans, Tom ou Victor, ou des tas d'autres acteurs, puisqu'il était bien connu que Juvena traînait à sa suite des dizaines de prétendants. Mais qu'y avait-il de pire pour Pierre : qu'il soit condamné ou trahi ? Qu'il subisse la prison ou le camouflet ? Juvena ne savait encore le dire. Elle était pourtant certaine que très vite elle saurait. Elle se tordit les mains encore un moment, maudissant cette fichue loi qui faisait d'elle une indécise et lui donnait l'allure d'une névrosée très début de siècle en passe d'être défraîchie par le tourment. D'autant que son prénom, en la confondant presque avec le nom de la nation, l'exposait plus qu'une autre. Elle pensa à un hamster et se vit piégée par les rayons d'une roue en perpétuelle rotation, puis aux femelles hamsters qui mangeaient leur progéniture, et se couvrit les yeux d'horreur tout en songeant que ce serait là une solution à son problème. Juvena naviguait donc en pleine catastrophe. Qu'en serait-il pour elle d'une carrière qui ne passerait plus par l'aide providentielle d'un Pierre capable de lui donner un coup de pouce chaque veille de casting et de réunir à sa table les metteurs en scène les plus influents du cinéma européen ? En l'humiliant de la sorte, elle allait se retrouver à jouer des coudes au milieu de bancs d'actrices de son âge, toutes plus jolies, plus talentueuses et plus interchangeables les unes que les autres. Sans parler de Théo qui l'aimait comme un puceau, courait lui-même les auditions et ne ferait que renforcer son image de professionnelle dans la bagarre. Mais bon, c'était ça ou la prison.

Sabine avait choisi la pédiatrie pour n'avoir affaire qu'à des corps d'enfant, roses et frais, sans odeurs ni sécrétions importunes. Et, à soixante-quatre ans, elle passait encore le plus clair de ses journées à voir se tordre sur sa table d'examen des nourrissons braillards et vigoureux.

Cinq ans plus tôt, Sabine avait subi le même revers que Laure : son mari, rencontré lors de leur première année de médecine, était venu lui annoncer qu'il partait refaire sa vie avec une jeune interne. Contrairement à Laure, elle n'en avait pas fait une montagne et y avait même aussitôt aperçu la possibilité de repartir d'un meilleur pied pour le segment de vie qu'il lui restait. Mais elle s'était vite retrouvée à écumer les soirées d'un second marché retraité et bedonnant qui, d'un air grivois et offensif, convoitait plutôt les quinquagénaires quand ce n'était pas les quadragénaires, et qui considérait que toutes ces femmes échaudées, à force de faire la fine bouche, creusaient des plis supplémentaires au-dessus de leurs lèvres alors qu'elles auraient dû vouloir se les épargner. Cependant Sabine était une femme de solutions et avait préféré se débattre comme une belle diablesse pour retrouver, malgré les horaires et la fatigue afférente, un poste à l'hôpital car c'était encore là qu'elle aurait une chance de croiser des hommes jeunes, des externes, des internes, d'ambitieux chefs de clinique peut-être attirés par son expérience et sa réputation, et qui, s'ils ne l'étaient pas, seraient toujours moins vexants que des septuagénaires suffisants. De fait, si les jeunes médecins adoraient discuter de leurs patients avec le Dr Sabine Tabard et même d'autres choses après les réunions de staff, leurs yeux ne manquaient jamais de lui préférer la blouse entrouverte d'une infirmière ou le décolleté d'une jeune mère inquiète. Sans parler, bien sûr, des confrères de sa génération, tellement confraternels que la moindre hypothèse de rapprochement eût constitué le début d'un inceste. Au point qu'un jour Sabine elle-même, constatant qu'elle s'était mise à convoiter des hommes de l'âge de Paul, son fils unique et chéri, en éprouva une terrible nausée. Aurait-elle seulement osé faire dîner à la même table l'un de ces nouveaux compagnons et son fiston ? N'aurait-elle pas inévitablement manqué de prendre l'un pour l'autre et de s'imaginer accoucher de l'un et l'autre, voyant sortir d'entre ses cuisses souillées le corps de son amant tout entier ? Cette vision de choc la fit, après y avoir brièvement renoncé, renouer avec les soirées de septuagénaires qu'elle n'avait snobées que quelques mois. Elle se laissa donc aller à l'initiative de son amie Isabelle qui tenait absolument à lui présenter Martin Knopp.

C'était un professeur d'allemand séduisant aux yeux très bleus mais qui, lorsque Sabine s'assit près de lui, la pria de n'y rester qu'à la condition qu'elle n'eût pas plus de cinquante ans, et le prouvât. Le cas échéant, lui dit-il comme derrière un guichet de l'administration, il vaut mieux passer votre chemin, ce qu'elle fit non sans s'en prendre d'abord à la muflerie de l'impétrant dont elle railla à haute voix l'air patibulaire, l'exorbitante prétention et, tant qu'elle y était, la probable ascendance nazie, puis à la perversité de son amie Isabelle devant laquelle elle tourna les talons dans un élan de dépit martial.

Mais Sabine refusait l'idée de passer seule le restant de ses jours et d'ainsi peser sur la vie de Paul, depuis toujours trop enclin à indexer son bonheur sur celui de sa mère, si bien qu'elle persévéra de soirée en soirée, et ce fut à celle de son amie Annette qu'elle fit la connaissance de Gaëtan.

Un Suisse riche et cultivé, affable et flatteur, suave et tranquille. Tout pour plaire hormis son âge, quatre-vingt-deux ans, et, au premier coup d'œil, le signe de Frank qui barrait ses lobes d'oreilles, symptôme d'une menace cardiovasculaire imminente ; des lobes qui plus est flasques, flétris, flapis, un crescendo de qualificatifs qui semblaient pour la première fois révéler à Sabine que le mot *chien* peut aboyer, ou, autrement dit, que les sonorités des mots imitent parfois ce qu'elles désignent. Mais Gaëtan regardait Sabine avec un air énamouré qu'elle n'avait plus entrevu chez personne depuis longtemps, ce qui les amena à se revoir dès le lendemain sur la banquette rouge du café où Sabine avait pris l'habitude de donner tous ses rendez-vous depuis ses études de médecine. Ce vieux bistrot mille fois redécoré à l'exception de ses banquettes la galvanisait en lui rappelant, avec les galants d'antan qui y avaient défilé, sa beauté, sa fraîcheur, son esprit de conquête invincible puisque, même mariée, Sabine n'avait jamais cessé d'être en dehors de chez elle une maîtresse passionnée.

La conversation fut agréable et les yeux de Gaëtan aussi ardents que la veille. D'autres rendez-vous suivirent jusqu'au jour où il lui déclara enfin sa flamme en invoquant toutes les nuits qu'il passait à penser à elle, son visage, ses mains, ses épaules, ce grain de beauté qu'elle avait là, à la naissance du cou, magnifique, charmant, envoûtant. Un point de fixation qui perçait comme une étoile dans sa nuit, dit-il. Bien qu'un peu doucereuse, sa poésie fit mouche et, *the next thing she knew*, diraient les Anglo-Saxons en induisant une forme d'évanouissement et de regain de conscience que le français ne permet pas d'évoquer, Sabine se retrouva dans les bras de l'octogénaire, toutes lèvres collées aux siennes, dans une étreinte qui lui parut aussi ironique que grotesque au vu de toutes celles qu'elle avait connues ici même avec des hommes dont les lobes d'oreilles étaient aussi lisses et vigoureux que des défenses en ivoire.

Sabine rentra chez elle ce jour-là sans savoir si elle était heureuse de jouer les jeunes premières auprès d'un barbon qui la regardait sans doute comme Pierre regardait Juvena, ou si, au contraire, elle devait se désespérer de le considérer comme le dernier choix d'une condamnée. Elle sut en tout cas avec certitude que si Gaëtan visualisait immédiatement son grain de beauté dans le cou quand il pensait à elle, lui, c'était par la strie géante qui barrait son lobe droit qu'il lui apparaissait chaque fois. Mais chacun ses blasons, pensa Sabine, sans vouloir dramatiser.

S'ensuivit une relation d'abord plaisante, *old school* mais gracieuse, puis insidieusement gagnée par un *name dropping* obsolète puisque

Gaëtan ne citait que des noms illustres tout à fait inconnus de Sabine, ce qui fit penser à celle-ci que primo, la célébrité s'écaillait comme un vernis, deuzio, que les jeunes femmes qui choisissaient de s'acoquiner avec des hommes mûrs devaient subir le même désagrément, à la différence que ceux-ci n'étaient pas, comme Gaëtan, retraités depuis longtemps et qu'ils fréquentaient des personnalités certes déjà âgées mais toujours en vue. Ce furent surtout les questions et les plaintes de Gaëtan, le détail minutieux de ses sécrétions qui révélèrent à Sabine qu'il ne l'avait choisie ni pour son charme ni pour son esprit mais seulement parce qu'il cherchait un médecin pour ses vieux jours. Sabine est patiente et expérimentée, avait dû lui promettre Annette, certes plus experte en nourrissons qu'en barbons, avait-elle peut-être poursuivi en plaisantant, mais elle est suffisamment intelligente pour effectuer les bonnes analogies, les transpositions et autres ajustements cliniques, et veiller sur un homme de son âge. Alors, quand ce n'étaient pas ses reins qui dysfonctionnaient, c'étaient ses poumons, ses yeux, ses genoux. Outre qu'elle s'était surprise à préférer entendre parler de maux émanant d'organes uniques, comme le foie ou l'estomac, comme si le singulier diminuait aussitôt l'excitation hypocondriaque que faisaient crépiter les pluriels foisonnants de Gaëtan,

Sabine ne s'énervait jamais. Même lorsque, une fois de plus, il ne parvenait pas à l'érection et ne trouvait en lui ni assez de souffle ni assez de salive pour un simple cunnilingus vite fait bien fait. Elle tapotait alors le sommet de son crâne chauve dont elle constatait que c'était le seul endroit du corps de Gaëtan qui fût aussi dur, et se résignait. Elle s'étonnait cependant qu'il ne considérât pas le seul vrai signe inquiétant qu'il portait, à savoir le signe de Frank qui étirait ses oreilles tels des plateaux de vieille femme africaine. Ce qu'elle se garda bien de lui faire remarquer.

Le matin du 27 janvier, Gaëtan dormait encore quand, à sept heures, Sabine dévala avec une légèreté de gazelle les six étages de leur immeuble. Mais quand la femme de ménage l'appela vers dix heures pour lui annoncer qu'il était mort, Sabine ne sut si c'était à cause de la nouvelle offensive parlementaire ou de sa fragilité cardiovasculaire. Elle connut un vrai moment de tristesse mais se réjouit qu'il ne vît pas le soulagement qu'elle éprouva juste après.

Quelques jours plus tard, tandis que son âme naviguait dans des eaux changeantes et mitigées, elle apprit que Martin Knopp avait créé un mouvement d'opposition féroce contre la loi où on le voyait s'enchaîner à de très jeunes filles, blondes aux yeux bleus, qu'il faisait venir d'Allemagne par trains entiers et capitonnés.

Le 27 janvier, Pierre se réveilla loin de chez lui, dans une ville où il était venu faire une conférence devant les étudiants d'une prestigieuse école de cinéma. Mais l'orgueil qu'une telle intervention suscitait toujours en lui fondit comme neige au soleil lorsqu'il entendit les nouvelles à la radio. Quand il sortit de l'hôtel, hébété, il se dirigea machinalement vers un taxi puis, au moment où le portier s'avança, il se ravisa et se fit indiquer la plus proche station de métro. Il n'était plus monté dans un wagon depuis au moins vingt ans mais, à nouvelle exceptionnelle, action exceptionnelle, or n'était-ce pas dans le métro et aux heures de pointe qu'on voyait le plus de monde à la fois ? Car il éprouvait le besoin irrépressible de visualiser immédiatement et massivement des femmes de son âge. Il se souvint qu'enfant, ayant tendance à se réfugier auprès de sa mère ou de sa grand-mère, il percevait toutes sortes de promesses appétissantes dans l'expression « filles de son âge », laquelle désormais évoquait plutôt l'accommodement de restes mal conservés. Son monde en comptait bien quelques-unes mais comme elles étaient toutes abondamment retouchées et quasiment pétrifiées, il lui fallait en voir d'authentiquement vivantes et naturelles. Sans doute espérait-il que la représentation de femmes ordinaires un matin d'hiver ordinaire fût plus efficace et, tel un électrochoc, plus apte à le reconditionner en leur faveur.

En quittant Laure, il avait aussi quitté tous les efforts qu'elle faisait pour rester jeune, garder la ligne et l'obsessionnel combat qu'elle menait contre le gras et le mou. Un combat qui payait puisque, effectivement, elle ne faisait pas son âge, mais qui inspirait à Pierre une pitié mortifère, comme si, dans leur vie, l'âge menaçait à chaque instant tel un orage fatal. Il n'en pouvait plus des kilomètres de jogging qu'elle comptabilisait, des soupirs désespérés qu'elle poussait au moindre écart alimentaire ou, pire, de ses bouffées de chaleur, d'autant que ni ses suées ni ses vapeurs ne venaient pondérer la sécheresse vaginale qui ensablait les rares coïts qu'elle lui concédait. Alors quand Juvena s'était ouverte à lui comme une terre promise gorgée de sève, de jouvence et de jus, il avait détalé comme un animal assoiffé. Juvena suivrait certes le même chemin que Laure quand elle aurait son âge, mais Pierre ne voyait pas si loin et n'avait qu'un but : oublier, repousser, gagner du temps. Car, contrairement à Laure qui s'en épouvantait, Juvena adorait se lover contre le ventre rebondi de Pierre qu'elle caressait, humait et léchait à l'envi. Pour autant, Pierre ne s'en laissait pas aller et mettait un point d'honneur à ne pas dévaluer son trophée en paraissant trop défraîchi à ses côtés. Il avait donc volontiers recouru aux bons soins d'une nutritionniste et d'un coach sportif après avoir systématiquement refusé de le faire du temps de Laure, et ne s'était jamais mieux senti de sa vie. Que les amis de Juvena aient tous trente ans et des poussières, des carrières balbutiantes, de petits appartements encombrés de poussettes, ne le gênait nullement vu qu'il avait toujours tout compartimenté et qu'il lui suffisait de tracer les contours d'une case de plus pour ne se sentir ni envahi ni menacé. Au contraire, quand il revenait de l'un de ces dîners dans l'est de la ville, il se sentait ragaillardi et réussissait à faire l'amour à Juvena d'une manière encore plus conquérante. Tiens, prends mes millions, ma belle, mes mètres carrés, mes meubles signés, mes kilomètres de tapis rouge, semblait-il lui intimer chaque fois qu'il s'enfonçait un peu plus dans le magma splendide de ses muqueuses ruisselantes. Rui-sse-lantes. Dans ce ruissellement, il ne faisait que mieux mesurer sa longévité de mâle ensemenceur, et goûter la joie que la perpétuation potentielle de l'espèce lui causait. Il avait souvent discuté de cette affaire avec d'autres hommes de son âge, n'hésitant pas même à convoquer autour de sa table anthropologues et psychanalystes pour mieux comprendre, mais outre les analogies avec les grands singes et les échelles de temps vertigineuses que ceux-ci déroulaient sous ses yeux, le mystère restait presque entier. Si bien que Pierre avait un jour décidé qu'il ne fallait plus chercher à comprendre et qu'il continuerait à se délecter sans honte de pouvoir ensemencer également la carrière de la jolie Juvena Biel, d'imaginer les yeux émoustillés des confrères auxquels il l'adressait, et de savourer l'infinie gratitude qu'après ses auditions celle-ci lui témoignait.

Le miel de la vie, avait-il dit une fois à Antoine Delmain, le seul de ses amis à être toujours affublé de la même femme depuis trente ans, lequel s'était contenté de répondre, tu veux dire *le sel* de la vie ? Non, non, *le miel*, avait insisté Pierre, un miel blond, doux, infiniment coulant et qui dépose en toi un plaisir nappé, visqueux, collant à ne pas t'en lécher que les doigts, mon gars, précision qui fit rougir Antoine. Sans vouloir lui vendre à tout prix son modèle, Pierre le regardait cependant avec une pitié toute désolée dans laquelle il entrait aussi un peu d'admiration pour la loyauté stoïque dont Antoine faisait preuve en gardant la même femme, Gisèle, mais qu'il pondérait aussitôt en se rappelant que son ami était assureur et ne passait pas ses journées à voir défiler de jeunes actrices toutes plus belles les unes que les autres. Contrairement à lui, il n'avait donc pas grand mérite à résister à ce qui ne venait pas le tenter jusque sous ses fenêtres. Car, plaidait-il pour sa propre cause, il avait tout de même réussi à résister aux œillades de ces demoiselles pendant des années avant d'y céder copieusement. Laure n'avait pas tout à fait tort quand elle disait que c'était d'ailleurs l'unique raison pour laquelle il avait choisi d'être producteur, sauf que ce genre de graine assassine n'ayant pas encore germé dans son cerveau de jeune homme, il ne pouvait accréditer l'idée d'une quelconque préméditation. Or c'était ce que l'accusation de Laure faisait plus qu'insinuer quand elle lui hurlait dessus au téléphone.

Quant à regretter l'esprit de son ex-femme, sa conversation, sa grande culture et la finesse de ses intuitions, c'était là un tout autre sujet. Pierre aurait bien volontiers entretenu une amitié sincère avec Laure, mais à vrai dire, quand il le lui avait suggéré, elle l'avait sauvagement repoussé : il ne pouvait pas d'un côté lui préférer la fraîcheur d'une jeune femme et, de l'autre, continuer à goûter les fruits mûrs de son intelligence. Soit. À côté de l'oasis d'amour où l'immergeait Juvena, les rebuffades de Laure n'étaient qu'un dégât collatéral bien plus mineur que ce qu'il laissait entendre à leur fille Manon lorsque celle-ci plaidait en faveur de sa mère.

Dans le métro, Pierre ne trouva pas de place assise et resta debout en se tenant à la barre métallique. Autour de lui, des hommes, rien que des hommes. Il commença à regretter d'être descendu si bas puis, quand un siège se libéra, il avisa enfin une femme et dut lui céder la priorité puisqu'elle n'était plus toute jeune. Il y regarda à deux fois et constata qu'elle avait peu ou prou son âge, comme sa voisine et plusieurs autres qui semblaient lui apparaître toutes ensemble et d'un seul coup. Il ne sut bientôt plus où donner de la tête : elles affluaient par grappes entières, avec leurs airs fatigués, leurs yeux cernés, leur coquetterie inefficace. Il suffisait que l'une d'elles se tînt près d'une jeune fille pour paraître plus sèche et plus creuse encore, toutefois, ce matin-là, il leur trouva un port de tête plus altier, un œil plus vif et, il fallait bien l'avouer, un air radieux. Rien que ça. Il comprit que c'étaient là les premiers signes d'une fierté retrouvée, d'une dignité réparée, voire d'un ressentiment magnifié, et songea que la nouvelle loi allait peut-être leur donner envie d'organiser des parades extravagantes façon Grey Pride où se déhancheraient des quinquagénaires dont il se demanda, horrifié, si elles seraient clémentes, magnanimes ou belliqueuses. Autant d'adjectifs qui survenaient si rarement dans son vocabulaire qu'il y vit la preuve que la tragédie menaçait.

Dans les jours qui suivirent le 27 janvier, on arrêta des milliers de personnes. Rafles et dénonciations s'organisaient dans toutes les grandes villes du pays. On cueillit les couples en effraction chez eux, au saut du lit, devant les crèches, les écoles, partout où ils venaient déposer leur progéniture coupable. Ensuite on séparait les femmes et les hommes et on les parquait dans de grands baraquements de périphérie. Quant à savoir ce qu'il adviendrait d'eux, c'était encore mystérieux. Certains prétendaient qu'on allait obliger les femmes et les hommes du même âge à s'unir dans des hangars prévus à cet effet, avec espaces intimes et alcôves de fortune, d'autres qu'on les soumettrait d'abord à une totale rééducation en leur dispensant des cours magistraux et des travaux dirigés qui leur redonneraient le goût du même puisqu'il était entendu qu'une société digne de ce nom devait rétablir le cours de ses générations, et les pères cesser de se comporter comme leurs fils. Enfin il fut aussi beaucoup dit que les hommes, qui subissaient un choc plus violent que les femmes, seraient pourvus par les autorités en assistance psychologique, voire en cures de repos au sortir desquelles ils seraient entièrement apaisés. Un apaisement dont d'aucuns soupçonnèrent qu'il serait surtout sexuel.

Des milliers d'hommes se jetèrent par les fenêtres, d'autres sous les rames des métros. Prostituées et services de chirurgie orthopédique furent littéralement débordés par des patients brisés en mille morceaux, tandis que les clubs de fitness et les cabinets de chirurgie plastique virent, eux, leur fréquentation baisser drastiquement. Quant aux jeunes femmes, on leur prodigua un enseignement spécial sur l'ambition et les moyens de l'assouvir sans compter ni sur leurs pères ni sur leurs époux. On insista sur le fait que leurs calculs restaient des facilités qui, à long terme, ne serviraient en rien la cause des femmes et feraient d'elles en temps et en heure des compagnes tout aussi délaissées que leurs aînées. Elles se défendirent en invoquant d'autres raisons à leur choix que l'ambition, comme le besoin de protection, ce qui obligea également la société tout entière à reconsidérer la différence de maturité d'un jeune homme et d'une jeune femme du même âge. Un médecin proposa même de mettre au point une hormone de maturité à injecter aux garçons prépubères pour réduire ce déséquilibre, mais on s'insurgea en défendant le primat de la nature. De nouveaux débats firent d'ailleurs rage pour déterminer si la loi penchait davantage du côté de la nature ou de la culture, débats qu'on ne trancha pas.

Quand Laure vit s'afficher le nom de Pierre sur son téléphone, elle savoura sa victoire et ne décrocha pas. Depuis le vote de la loi, son humeur avait changé. Elle avait été une adolescente sérieuse puis une adulte sérieuse, c'est-à-dire une épouse et une mère sérieuse mais brusquement, tout ce sérieux l'encombra. Du temps de sa vie avec Pierre, les fêtes n'avaient pas manqué mais Laure y avait déambulé comme une reine svelte et égarée puisqu'il était bien connu de tous que le producteur des plus grosses comédies avait épousé une grande universitaire qui ne goûtait au fond ni ses films ni son monde ni même une goutte de ses alcools. Et Venise, Cannes, Hollywood n'y avaient jamais rien fait.

Au lendemain du vote, elle sabla le champagne et décida de modifier plus souvent son état de conscience. Et si, le matin, sa balance se mit à afficher quelques grammes puis quelques kilos supplémentaires à cause de tout ce nouveau sucre ingéré, Laure ne s'en effraya pas, au contraire. Elle décréta qu'on ne pouvait se maintenir toute sa vie au même poids et qu'il était temps de s'autoriser quelques fluctuations. Sans doute la loi rétablissait-elle suffisamment de justice et de garantie pour qu'elle ne vît pas dans ce genre de disposition un péril, car Laure n'aimait pas le péril. Si elle adorait plonger en eaux profondes, elle détestait toutes les autres sensations fortes comme les accélérations de Pierre quand il conduisait son bolide, ce qu'il ne devait plus oser faire depuis qu'il fréquentait la génération de Juvena totalement hostile à l'automobile.

Si leur fille Manon se félicitait des menus changements de sa mère, elle ne voyait pas encore venir le moment où celle-ci accepterait d'endosser son rôle de grand-mère auprès d'Adèle, une fillette de dix-huit mois dont Laure demandait régulièrement des nouvelles sans parvenir à s'y intéresser.

La professeur de littérature française du XVIIIe siècle qu'elle était prit un malin plaisir à voir également se modifier le comportement de ses collègues masculins qui allaient enfin connaître ce que leurs consœurs connaissaient depuis toujours : des relations cantonnées, bridées, surveillées comme le lait sur le feu, autrement dit des interactions sans autre enjeu qu'intellectuel et strictement pédagogique. Pas de frottements, pas de débordements, pas de rendez-vous au café pour redéfinir le sujet du mémoire ou de la thèse autour d'un verre de vin tardif ; en un mot, ni badinage ni trouble mais un liquide clair comme le jour. Sans doute certains d'entre eux eussent-ils voulu faire retour vers le XVIIe siècle car à quoi leur servait-il désormais de travailler sur des textes aussi libertins s'ils ne pouvaient plus en retirer de profit personnel ? Mais, à ce stade-là de leur carrière, il était évidemment trop tard pour changer de siècle. Ils devinrent donc aigres, statiques et hostiles à l'ambiguïté. Ainsi disparurent les files d'attente après les cours, les TD, les séminaires, les cohortes d'étudiantes qui se hâtaient de trouver des prétextes pour approcher les érudits et agrémenter leurs questions ingénues d'œillades qui demandaient plus à voir qu'à savoir. Combien de fois Laure n'avait-elle pas vu ce genre de files se former devant le bureau de ses collègues et jamais devant le sien alors qu'elle en savait parfois bien plus qu'eux ? Combien de fois ne s'était-elle pas sentie aussi humiliée qu'un auteur de seconde zone invité à signer à côté d'un écrivain de best-sellers ? Elle avait pourtant toujours porté beau et affiché un sourire magnanime, le sourire d'une mère, pensait-elle, mais sa fière allure ne servait qu'à mieux draper sa déconfiture. Une déconfiture qui s'aggrava après le départ de Pierre et la jeta dans un désert depuis lequel il lui sembla que la planète entière s'adonnait à des plaisirs qui lui étaient désormais refusés, voire interdits. Jusqu'à lui faire penser, à elle aussi, qu'elle eût trouvé plus de réconfort à étudier *La Princesse de Clèves* que *Les Liaisons dangereuses.*

Depuis la loi, donc, elle voyait les foulées conquérantes de ses collègues rapetisser de jour en jour, leurs habits revêtir des couleurs toujours plus neutres et entendait leurs doctes voix sensiblement baisser d'un ton, voire de deux. C'était comme s'ils s'étaient mis à parler dans une langue nouvelle, étrangère qui, du fait de leur mauvais accent et de leur prononciation maladroite, leur faisait aussitôt perdre et leur allant et leur virilité. Laure craignait que l'université ne se féminisât au point d'y enclore femmes et jeunes filles comme entre les murs d'un couvent et que la littérature ne redevînt le passe-temps qu'elle fut, au même titre que la couture ou le petit point. Si donc la loi la vengeait, elle menaçait aussi d'assécher les terres du savoir et de transformer tous ces universitaires autrefois volages en créatures chétives et inféodées à leurs vieilles épouses. Car, en effet, pourquoi un homme marié depuis longtemps enverrait-il désormais tout promener pour les beaux yeux d'une femme à peu de chose près comme la sienne, cassante et sûre de son fait comme jamais les jeunes femmes ne le sont, tout du moins au tout début de l'idylle ?

Une heure plus tard, Pierre la rappelait mais Laure ne décrocha toujours pas.

Sitôt rentré à la maison et sans savoir même qu'elle était enceinte, Pierre avait proposé à Juvena de quitter Juvenia et de sauter dans un avion. Ils iraient loin, très loin, sous les tropiques, là où la loi ne sévirait jamais. Nous ouvrirons un bar sur la plage, ma chérie, lui dit-il, un club de yoga, un théâtre, n'importe quoi, tout ce qui te fera plaisir. Mais aucune de ces perspectives ne réjouissait Juvena qui, primo, ne supportait pas de voir son prénom se désolidariser du nom de son pays ; deuzio, n'avait de cesse qu'elle ne devînt une grande actrice de cinéma, et qui savait que dès que Pierre serait recontextualisé sur fond de palmiers, de tek et de rotin, il perdrait tout sex-appeal. Elle avait pu le constater lors des divers séjours qu'ils avaient faits dans les îles mais, heureusement, chaque fois, ils étaient tombés sur des amis de Pierre en s'émerveillant de ces heureux hasards quand ces rencontres n'étaient dues qu'aux biais de sélection qui présidaient à des choix de vacances précisément paramétrés. Un algorithme n'aurait pas fait mieux. Et Juvena en profitait alors pour se pavaner en bikini devant d'autres producteurs et retirer son haut tandis que Pierre faisait semblant de le lui interdire. Tes seins n'appartiennent qu'à moi, lui disait-il, tandis que ses tétons chocolat pointaient déjà vers tous ses confrères.

Elle devait donc ruser et, pour l'instant, ne pas assener à Pierre une autre charge émotionnelle en lui apprenant qu'il serait père. Elle pourrait, par exemple, faire croire que son bébé était celui de Théo mais faire croire, c'était vraiment faire croire, c'est-à-dire le faire savoir à tous et priver Pierre de son trophée puisque son trophée elle était. Et ainsi se priver du rôle de sa vie, celui qu'il promettait de lui donner dans l'énorme production juvénio-américaine qu'il était sur le point de boucler.

Irrésolue, Juvena laissa Pierre à ses sornettes tropicales et alla trouver Théo.

En l'espace de quinze jours, Sabine avait récupéré l'appartement de Gaëtan qui n'avait pas d'autre héritier, et entamé les démarches qui devaient lui valoir d'être également l'heureuse propriétaire d'un chalet à la montagne et d'une villa sur le lac Léman. Elle n'en demandait pas tant. Le panache discret que lui donnait son veuvage prospère la nimbait d'un nouvel éclat. À l'hôpital, tout changea quand le collègue avec lequel elle finissait d'établir les comptes rendus d'une réunion de staff particulièrement pénible rapprocha son siège du sien. Leurs genoux s'effleurèrent. Sabine n'en posa pas pour autant son stylo et fit comme si de rien n'était en insistant sur les inquiétants résultats d'anatomopathologie d'une fillette de dix mois. N'ayant parlé à personne de sa nouvelle fortune, elle se trouvait à l'abri de convoitises subites mais peut-être pas des effets infracutanés qui rendaient sa vieille peau soudain plus rayonnante. À moins que la disparition de celle de Gaëtan ne suffît à la régénérer.

Le genou du collègue appuyait de plus en plus contre le sien. Elle écarta discrètement sa chaise mais, approchant la sienne de nouveau, il plongea ostensiblement ses yeux dans son décolleté : en l'espace d'une seconde, Sabine se sentit pousser les ailes d'une infirmière énamourée d'un roman Harlequin. Mais, là encore, elle n'en montra rien. Elle se concentra seulement sur les indices qu'elle avait pour calculer rapidement l'âge du collègue, une fille de dix-huit ans qu'il avait eue la veille de son concours d'internat, à vingt-sept ans, racontait-il souvent comme un exploit, et en conclut donc que dix-neuf ans les séparaient. C'était ric et rac mais ils ne tomberaient pas sous le coup de la loi puisque la loi, par esprit d'équité, et Sabine y tenait, visait aussi à ce que les femmes respectassent l'ordre générationnel.

Elle pouvait donc y aller, et elle y alla : dans un enchaînement de gestes parfaitement coordonnés, *the next thing they knew*, ils verrouillaient la porte de la salle de staff, éteignaient les néons et se déshabillaient en se susurrant des pronostics menaçants et obscènes. Leur liaison torride ne mit que quelques jours à former la traînée de poudre qui enflamma tout le service.

Sabine changea d'allure, sa démarche devint plus chaloupée. Infirmières et secrétaires la regardaient avec méfiance, voire inimitié, tandis que les hommes du service s'en approchaient désormais comme d'un feu dans la steppe. Les plus jeunes firent d'abord la moue en déclarant impossible d'aller tremper dans des viscères aussi usagés mais leurs aînés, en carabins invétérés, répliquaient que c'était dans ce genre de viscères que les plus beaux vices errent, ou, pour les plus entraînés, que les plus beaux vits se serrent. On la baptisa Sabine la coquine et sa cote sexuelle devint assassine. Mascotte du service, elle apparaissait sur des dessins qui ouvraient grands les pans de sa blouse blanche, ses bras et ses lèvres battant au vent de queues de soupirants interminables, mais aucun de ces jeux de mots ni de ces caricatures ne l'offusqua, loin de là. Au contraire, elle se plaisait à imaginer les yeux écarquillés de son ex-mari ou de ce pauvre Gaëtan qui réclamaient leur tour et resquillaient pour passer devant les plus jeunes. Mais dans une étrange vrille qu'elle ne s'expliqua pas, son esprit se fixa encore sur les terribles yeux bleus de l'odieux Martin Knopp.

Ses mérites lui valurent la visite de plusieurs fonctionnaires qui ne manquèrent pas de lui dire qu'on chantait ses louanges au plus haut niveau du ministère et de l'État. C'est un miracle, disait-elle d'une voix grave à ses amies, leur racontant volontiers les orgies qui succédaient aux réunions d'oncologie, Éros et

Thanatos, ça les connaissait, mais l'oncolorgie, vraiment ? Serais-je devenue une autre ? se demandait Sabine devant la glace de l'ascenseur les rares fois où elle rentrait seule le soir. Question à laquelle elle répondait par l'affirmative quand elle se voyait réclamer sa pièce d'identité à un nouvel amant et vérifier scrupuleusement sa date de naissance, au jour près. À soixante-quatre ans, Sabine compta qu'en un mois elle avait couché avec plus de vingt hommes âgés de quarante-cinq à cinquante-cinq ans, jamais plus, sans s'attacher à aucun, considérant désormais que l'amour n'était qu'une des possibilités de la sexualité. Mais elle connut son plus bel orgasme quand un amant lui avoua qu'il n'avait encore que quarante-quatre ans à son guichet. La preuve que même un douanier suisse a besoin de jouer avec le feu, se dit-elle en regrettant légèrement de ne pas avoir embrasé davantage ce pauvre Gaëtan, feu qu'à son grand dam elle ne ralluma jamais. Car la loi du 27 janvier ayant transformé sa vie, elle pratiquait un légalisme reconnaissant, zélé, sans limites, ce qui valut un beau matin au Dr Sabine Tabard d'être officiellement nommée à la tête des programmes de rééducation sexuelle du régime et d'être dûment décorée par ses médailles. Elle ajouta cette charge à un emploi du temps déjà bien rempli mais l'âge ayant l'avantage de réduire ses besoins en sommeil, elle s'en réjouit.

D'autant qu'elle imaginait bien Knopp, à cette nouvelle, tendre ses chaînes et écumer de rage en allemand.

Elle éprouva cependant un peu de gêne lorsque Paul, son fiston, revint du grand voyage qui l'avait heureusement éloïgné pendant plusieurs mois de Juvenia.

C'était un mardi. Elle venait de passer la nuit avec un Baptiste et s'apprêtait à passer la suivante avec un Arthur, mais, pour fêter son retour, Paul tenait absolument à inviter sa chère maman au restaurant. Elle retarda son rendez-vous du soir, se promit de ne pas boire de vin à table ni de manger trop à sa faim, car pour faire l'amour comme pour travailler, il valait mieux avoir le ventre souple et accueillant. Et tandis que son fils lui racontait son voyage et ses émerveillements divers, Sabine ne l'écoutait que d'une oreille en se demandant si on avait, pour ce genre d'extases touristiques, vraiment besoin des deux. Elle s'en voulut de cette pointe de malveillance mais se rassura en pensant qu'au pays des mères elle avait vu bien pire qu'elle, à commencer par toutes celles qu'elle voyait arriver en consultation, minces et affublées d'adolescentes empâtées qui faisaient leur honte et leur fierté : Sabine regardait la mère et la fille alors comme deux épées croisant le fer sous des mines iréniques. Or, quelle que soit sa distraction devant les récits de Paul et, il fallait bien le dire, grâce à la nouvelle loi, Sabine n'oubliait ni qu'elle était mère ni qu'elle s'envoyait en l'air avec des fils qui, contrairement au sien, étaient tous déjà pères.

Ce que Pierre goûtait le plus dans la vie, ce n'était pas le cinéma à proprement parler, en quoi Laure avait décidément raison, mais les références de cinéma qui servaient non seulement à faire valoir la culture d'un garçon né dans les années 60, mais surtout à créer toutes sortes de complicités hilares avec ceux qui les partageaient. En un mot, des hommes de son âge. Qui d'autre aurait pu citer à tout bout de champ des répliques de Lino Ventura ou de Charles Gérard hormis des quinquagénaires abonnés au cinéma français, viril et bourru, des années 70 ? Sur une échelle de un à dix, ce genre de jubilation hissait Pierre autour des neuf virgule cinq et, s'il avait dû choisir entre le sexe pulpeux de Juvena et revoir encore une fois *L'aventure, c'est l'aventure* avec des amis, il aurait hésité. Pensée qu'il avait après un dîner bien arrosé parce que le vin amoindrissait ses performances sexuelles, mais qui, au matin, se retournait en faveur de Juvena en même temps qu'il la retournait, car sinon, pourquoi aurait-il quitté Laure qui, outre quelques sarcasmes à l'égard de sa manie citationnelle, le laissait se vautrer avec qui il voulait sur les grands canapés de son home cinéma ? Juvena n'avait nullement voulu modifier cette habitude, mais à leurs dîners n'affluaient désormais que des trentenaires auxquels il fallait tout expliquer, les références, les scènes, les répliques, avec un soin tel qu'il en éliminait tout le sel. Sans compter que la plupart du temps les nouveaux convives souriaient, gênés, en ajoutant que oui, ils en avaient vaguement entendu parler par leur père. Vexé, Pierre devait alors reconnaître que, malgré la splendeur de leurs ébats, Juvena lui faisait aussi expérimenter des plaisirs plus rétractiles, laquelle tançait alors ses camarades en blâmant leur manque de culture, et redoublait d'efforts pour consoler Pierre en lui administrant un plaisir plus contractile qui le plaquait contre la porte d'entrée sans attendre que les convives fussent même montés dans l'ascenseur. Une fois elle avait entendu un échange moqueur à l'endroit de « Pierre ce ringard », qui l'avait obligée à gémir puissamment toutes lèvres serrées pour recouvrir leurs phrases de ses râles. Elle ne sut jamais si Pierre les avait tout de même entendues mais se souvint de la poigne avec laquelle il avait tiré sur sa queue-de-cheval et manqué de la lui arracher. Et encore, lançait-on à Pierre, estime-toi heureux de ne pas avoir à te coltiner un nourrisson car normalement ce ne sont pas seulement tes films qui pâtissent de la différence d'âge mais tes nuits, mon vieux, tes nuits de vieux hachées par les cris d'un bébé braillard ! Alors Pierre acquiesçait en se félicitant de l'absolue priorité que Juvena donnait effectivement à sa carrière, et n'eut de cesse qu'il ne la plaçât dans de grandes productions qui l'accapareraient suffisamment pour la tenir éloignée de toute envie de pouponner. Et lui épargner d'arriver triomphalement dans les cocktails derrière une poussette autour de laquelle des têtes chenues se forceraient à dodeliner sans renverser leur champagne sur le front des chérubins endormis. D'autant que Pierre rechignait à affubler sa petite-fille, Adèle, l'enfant de Manon, d'un oncle ou d'une tante plus jeune, le nouvel accessoire tendance des dix dernières années, tout en sachant que si Juvena le lui avait demandé, il se serait tout de même reproduit sans hésiter.

C'est en voyant se dessiner les deux lignes roses du test de grossesse que Juvena avait pour la première fois songé que lorsque son enfant aurait quinze ans, Pierre en aurait soixante-dix. Pas en tombant amoureuse de lui ni en l'épousant. Dire qu'elle n'y avait pas du tout pensé serait un mensonge d'autant que sa mère ne s'était pas privée de la mettre en garde contre les rhumatismes, les absences et les dosages prostatiques qui ponctueraient leur vie de couple mais, celle-ci ayant elle-même épousé son professeur de droit romain, Juvena prenait ses avertissements pour des encouragements coupables et dissimulés, lui rétorquant même que ce goût pour l'écart, le fossé, le gouffre, était une disposition héréditaire, voire un dessein génétique qui se transmettait de mère en fille. En cela, Juvena était allée encore plus loin que sa mère qui s'était contentée de mettre dix-sept ans entre son mari et elle, union qui, heureusement, ne tombait pas sous le coup de la loi. Heureusement car, à la différence de sa fille qui ne perdait pas le nord, une séparation aurait transformé sa mère en juriste errante.

En réalité, c'était quand Pierre avait proposé d'inviter la première fois la bande d'amis de Juvena dans leur nouvelle villa de vacances que celle-ci avait mesuré le problème. Et ce, dès le premier matin. Pierre était revenu avec trois ou quatre journaux sous le bras et n'avait rien trouvé de mieux à faire que de lire à chacun des convives l'horoscope du jour. L'horoscope ? Mais ça existe encore ? s'était esclaffé l'un d'eux quand un autre demandait si même c'était un mot français. Mortifié, Pierre ne s'était pas rétracté mais s'était au contraire promis de tous les convertir à ce rituel crédule et tributaire d'une presse papier désuète qui en plus laissait sur les doigts une odeur et une noirceur qui dégoûtaient Juvena et l'obligeaient à insister pour que Pierre se lavât copieusement les mains si l'envie lui prenait de la caresser après le petit déjeuner. Sans parler des mots qui revenaient toujours dans l'horoscope, comme *tonus* ou *en berne*, et qui ne faisaient qu'aggraver le problème en datant le lexique. Appréciant les efforts polis de ses amis, Juvena n'avait plus eu d'yeux, pendant ce séjour, que pour la masse de poils blancs qui recouvraient le sexe de Pierre quand il se couchait et menaçaient d'échouer entre ses lèvres l'instant d'après.

Mais elle avait dignement ravalé ses haut-le-cœur quand, un matin, l'une de ses amies lui mit devant les yeux un cheveu d'un blanc phosphorescent qu'elle brandissait comme l'indice du crime en se fendant d'un, mais dis donc, jeune fille, tu n'aurais pas passé la nuit avec un vieil amant ? Juvena avait souri et plongé le nez dans sa tasse de thé en rêvant de s'y noyer. C'étaient là des souvenirs ténus mais désagréables que la loi faisait remonter à la surface et qui indiquaient à Juvena qu'il y avait peut-être aussi une chance à saisir en ce 27 janvier.

Quand il lui ouvrit la porte, Théo resta bouche bée. C'était la première fois qu'elle venait chez lui sans y être invitée, qui plus est avant midi. Juvena était pourtant tout ce dont il avait rêvé depuis cinq ans. Mais il ne sut s'il devait avoir l'air d'un homme comblé ou d'un homme blasé qui, grâce à la nouvelle loi, verrait désormais défiler devant sa porte des files de jeunes prétendantes réclamant l'attention de leurs contemporains. Il lui offrit un café mi-figue mi-raisin tout en la trouvant d'une beauté encore plus émouvante que d'habitude.

— Je suis enceinte, lui dit-elle, ce qui obligea Théo à s'asseoir.

Puis il rétorqua :

— Si c'est de ton vieux barbon, attention la prison.

— Tu veux bien que je dise qu'il est de toi si on m'arrête ?

Le sachant transi, elle se comportait toujours en terrain conquis. Elle accompagna cependant sa fausse question d'un geste qui découvrit son épaule et sa bretelle de soutien-gorge. La dentelle noire troubla aussitôt Théo.

— Et pour te prouver ma bonne foi, ajouta-t-elle d'une voix douce, je suis à toi, prends-moi.

Le jeune homme ne bougea pas mais Juvena s'approcha. Il sentit ses doigts sur sa joue, son cou, puis bien plus bas, qui couraient sans appuyer jusqu'à son aine. Il frissonna, puis s'effaroucha.

— Tu déboules comme ça et tu crois que…

Mais la main de Juvena glissait désormais de l'autre côté, éprouvant la symétrie parfaite des sensations qui électrisaient Théo. Ce qu'elle lui dit dans un murmure, les yeux fixés sur le lobe de son oreille droite, puis gauche, aussi lisses l'un que l'autre, et qui la changeaient de l'impression de pétales froissés que lui donnaient ceux de Pierre.

— Tu es parfaitement symétrique, mon Théo, sy-mé… trique.

Jamais Théo n'avait entendu une chose pareille pendant l'amour. Et encore, pensa-t-il, l'amour n'avait même pas commencé. Quittant sa paralysie, il actionna ses propres mains sur les hanches puis les seins de Juvena, mais le cœur n'y était pas, pas encore. Il la laissa donc prendre tous les devants en ayant soudain le sentiment d'être un adolescent initié par une femme mûre. Serait-ce que les années de Pierre eussent sédimenté dans le corps de sa jeune épouse et détraqué ensemble et sa biologie et sa psychologie ? Théo n'aurait su répondre mais ce qu'il savait pour sûr, c'est qu'il ne fut cette fois-là pas à la hauteur des attentes de Juvena. De son côté, la jeune femme, tout en se doutant bien de la drôle d'épreuve qu'elle faisait subir à son partenaire, regretta aussitôt les belles performances de Pierre. Lui sauta aux yeux que ce qu'elle aimait, c'était certes son expérience, l'avance qu'il avait sur elle et qui la protégeait mais, par-dessus tout, la possibilité de briser avec lui le tabou suprême : coucher avec le seul homme qui lui ait jamais échappé, son père. Mais il y avait désormais un hic puisque, en donnant un enfant à Pierre, elle se le ravissait à elle-même comme père, et, perdant donc sur tous les tableaux, avec ou sans Pierre, avec ou sans Théo, elle devait garder le cap sur sa priorité : ne pas être condamnée, ne pas finir en prison.

À la fin de la séance et sans que ni l'un ni l'autre n'eût l'air repu des amants satisfaits, elle proposa à Théo de revenir le lendemain, et le surlendemain encore, jusqu'à l'accomplissement d'une performance parfaite. Expression qui produisit l'effet d'un encouragement et l'envie immédiate de recommencer mais que Juvena eut l'intelligence de refréner.

— Il nous faudra viser l'absence de décalage, la coïncidence, renchérit-elle.

— L'accouplement ultime, murmura Théo, saisi soudain d'une fièvre missionnaire.

Juvena revint donc à la même heure plusieurs jours d'affilée. Théo eut peu à peu le sentiment qu'il la délestait de l'emprise de Pierre tout en butant sur ce dernier comme sur un caillou lors de chaque pénétration. Au point d'imaginer parfois la tête de Pierre surgir d'entre les blanches cuisses de Juvena et son enfant naître au monde déjà tout chenu. Mais leurs efforts payaient, chassaient ces visions insolites. Ils gravissaient les échelons d'une perfection d'où naquirent bientôt des images de bonheur tendre et odorant comme une peau de bébé. Tant et si bien que, quelques soirs plus tard, Juvena annonça à Pierre qu'elle était enceinte de Théo et le quitta en deux temps trois mouvements. De son absence de scrupules, elle fut la première surprise.

Quand les vagues d'arrestation augmentèrent, on se demanda, entre autres, si la loi serait rétroactive et toucherait les couples déjà séparés à la date du 27 janvier, sachant qu'en démocratie rares sont les lois rétroactives, mais était-on encore en démocratie ? Quant à ceux qui bravaient la loi en restant ensemble, ils connurent l'injustice et le chagrin, car on ne leur laissa pas le temps de se retourner. Notamment les parents auxquels on confisquait leurs enfants. À qui les confierait-on dans un premier temps ? Puis dans un second ? À la mère ? Au père ? Autrement dit, que choisirait-on entre une éducation prodiguée par les soins d'une jeune ambitieuse et celle d'un barbon éhonté, et selon quelles modalités de garde alternée, si, par hasard, on s'avisait de panacher ? Tout fut invoqué, tour à tour fustigé et encensé, sans qu'on ne pût rien trancher, mis à part que la désunion valait de toute façon mieux que le désordre des générations qui en produisait aussi insidieusement depuis des décennies.

On construisit d'immenses pouponnières et garderies, à proximité des hangars pour adultes, ce qui confirma qu'une société en totale recomposition induit toujours une architecture transitoire faite de camps et de baraquements. L'histoire en connut de bien plus terribles, rappelaient les autorités qui souhaitaient chasser le spectre de l'extermination que quelques Cassandre, dont Martin Knopp, bien placé pour en parler, agitaient en signalant à juste titre que, pour opérer, les solutions finales ne disent jamais leur nom. Mais à ces oracles effroyables les autorités opposaient leurs perpétuelles diatribes : les voyait-on ces pères aux barbes grises qui se donnaient des allures de jeunes hommes sans pouvoir se mettre à quatre pattes à cause de leurs ménisques calcifiés ? Oubliait-on qu'ils arrivaient hagards au bureau le matin à cause de leurs nuits blanches de lait et qu'ils finissaient par perdre leur emploi en mettant leur nouvelle famille sur la paille ? Faisait-on semblant de ne pas savoir qu'ils abandonnaient en masse leur progéniture de premier lit pour les enfants-rois du deuxième ? Quant à leurs jeunes femmes, ignorait-on qu'elles se condamnaient à évoluer et se comporter comme d'insupportables femmes-enfants inaptes à élever les leurs ? À devenir en l'espace de quelques années à peine les seules personnes auxquelles on demanderait d'aller chercher le sel, le plat, le cubi de Viagra ? Et qu'adviendrait-il de ces psychés qui auraient tout misé sur le coup de pouce de leurs aînés et qui finiraient par ne plus entrevoir d'autres gloires que celles de garde-malade dont on encenserait l'infaillible abnégation ? Comment brasserait-on l'amertume ? toute cette rancœur ? le déshonneur ? Sans compter la solitude qui viendrait parachever la féminité bafouée de toutes ces veuves précoces malgré l'absence de guerre ? Et rejoindre celle de leurs rivales initiales, les premières épouses abandonnées, les congédiées des premiers lits, poussées vers les recoins sombres où cuver leur décote, fouiller leurs plis et lécher leurs plaies seules ou entre elles, loin, très loin des hommes, exception faite de leurs fils ?

Malgré les contre-arguments que ne cessait de forger le parti de Knopp, Sabine en était convaincue : toutes ces passions tristes gangrenaient décidément le cœur d'une société trop asymétrique et ne réservaient rien de bon à l'humanité. Il était plus que temps d'en changer. Or un tel changement ne surviendrait qu'après une phase difficile dont les autorités avaient bien conscience mais sur laquelle elles refusaient de s'apitoyer. Pour agrémenter la coercition et la répression d'un filet de plaisir, elles décidèrent cependant de verser de généreuses primes aux mariés de même âge.

Pierre était sur le palier de Laure, en passe d'ouvrir la porte comme si, après toutes ces années, en rentrant chez elle, il rentrait toujours chez lui. De rage, elle faillit lui arracher la main. Elle le somma de partir immédiatement et, par la même occasion, de lui rendre enfin sa clé. Ce fut alors que Pierre lui apprit que Juvena venait de le quitter. J'en suis ravie, répondit Laure sans se soucier des yeux brillants de son ex-mari, et si tu ne t'en vas pas, j'appelle la police et je vous dénonce. Mais Pierre répondit d'une voix tremblante que la loi n'était pas rétroactive, ce qui ne fit qu'accentuer la colère de Laure qui comprit à cette occasion qu'elle aurait pu passer dans la catégorie des délateurs et que le ressentiment ne vous mettait vraiment à l'abri de rien. Elle ne se priva pas pour autant de regretter que la loi ne fût pas plus sévère, sans doute était-ce pour ne pas surcharger les prisons et les cours de justice, et, l'entendant ainsi raisonner froidement, Pierre ne put plus retenir ses larmes. Entre deux sanglots, il parla d'amour, de solitude et d'abandon. Laure mesura sa propre cruauté et fit comme si de rien n'était, ou plutôt, elle se souvint de toutes les fois où c'étaient ses larmes à elle qui avaient inondé son palier.

— Laisse-moi entrer, supplia Pierre.

— Plutôt crever, dit Laure.

— Mais tu ne peux pas, Laure…

— Je ne peux pas quoi ? Éconduire un vieux salaud sous prétexte qu'il a du chagrin ? Va crever.

— Tu es sans cœur.

— Et sans pitié, oui, va crever !

Laure lui claqua la porte au nez en songeant que leurs vingt ans d'amour et de vie commune pesaient soudain autant que ce qu'ils avaient pesé quand Pierre avait fait ses valises, c'est-à-dire rien. Que les années ne pèsent jamais rien quoi qu'on en dise et quoi qu'on commémore ; à peine quelques grammes qui s'insinuent dans les replis d'un corps et d'une peau pour qu'y fermente la matière inqualifiable du temps, le fameux poids des ans qui ne préjuge nullement de l'insoutenable légèreté des années. Et, sitôt chez elle, elle vaqua à ses occupations : elle retira ses bottes, ouvrit son courrier et se prépara un thé tout en trouvant chacune de ces menues actions amplifiée par l'idée que, de l'autre côté de la porte, Pierre continuait à renifler. Elle aurait pu rouvrir et lui tendre un mouchoir mais alors le bruit eût cessé et elle y tenait.

D'ailleurs il cessa car, en cette journée de février, Pierre partit errer dans la ville comme un condamné. Il ne savait où aller ni vers qui se tourner. Il but quelques cafés dans des cafés, du café dans du whisky puis seulement du whisky. Debout au zinc, son état d'ébriété grandissant lui fit quitter ses pensées principales pour dériver vers des pensées liées à son environnement immédiat, des pensées aussi superficielles que tranchées, qui n'étaient presque plus des pensées, comme d'être révulsé par les racines des cheveux des femmes alentour dès qu'y pointait un nanomètre de gris. Du blanc, n'en parlons pas. Cette grisaille lui apparaissait comme une colonne d'animaux parasites dont l'infatigable besogne grignoterait tout, les souvenirs, la fraîcheur, l'espérance. Et il crut avoir remarqué que toute soignée qu'elle était, Laure avait laissé cette armée percer sur son cuir chevelu, image qui le ramena aux cheveux soyeux de Juvena qui tantôt parfaitement blonds comme les blés, tantôt noirs à la racine pour tramer les accents d'un ciel d'orage sur cette étendue bucolique, lui donnaient invariablement l'envie de les empoigner d'une main virile à l'assaut d'un plaisir plus bestial que pastoral.

Il lui sembla également avoir remarqué que

la silhouette de Laure s'était légèrement épaissie et la peau de son visage même un peu bouffie par endroits. Mais alors qu'il aurait dû s'en dégoûter et n'y voir que la confirmation de ses craintes les plus effroyables, il eut un accès de tendresse et se demanda même si cette tendresse ne cachait pas autre chose. Car l'une des raisons pour lesquelles il avait quitté Laure, c'était la passion qu'elle avait pour elle-même, une passion d'ancienne anorexique qui jouissait chaque fois qu'elle se privait. À la fin de leur vie commune, le yoga était d'ailleurs entré chez eux comme un rival invincible qui lui ravissait son épouse sous prétexte qu'il la livrait aux puissances nobles de la force et de la souplesse, et lui donnait à voir la sexualité comme une tentation vulgaire, un plaisir de campeur par temps de pluie, disait Laure, ce qui, loin d'éteindre le désir de Pierre, ne faisait que l'embraser en lui présentant immédiatement l'image de campeuses enclines à gémir sous la tente. Un jour, las de ses rebuffades, il avait appelé le plus grand directeur de casting de la place comme on lâche les chiens. Et Juvena lui était apparue.

Il avait bu plus que de raison et ne devait se fier à aucune de ses sensations. Mais la nuit tombait, où irait-il ? Chez lui eût été la solution la plus simple mais il eut peur de voir déambuler partout le fantôme de Juvena et de devoir se masturber en la traquant jusque dans les placards du dressing, chose qu'il n'avait pas faite depuis des années puisque Juvena lui prêtait littéralement main-forte en toutes circonstances.

Il erra encore puis décida d'aller chez son vieil ami Antoine Delmain. Bien qu'il fût déjà dix heures, il sonna en pensant qu'on ne dérangeait jamais un vieux couple endormi devant sa télé. Antoine lui ouvrit d'un air un peu ahuri, l'invita à entrer, sentit qu'il avait trop bu et demanda à Gisèle de lui préparer un café. Quand elle vint le lui apporter, Pierre avisa ses longs doigts maigres, le dessus de ses mains osseux et tacheté. Il fut pris d'une nausée mais il avala le café comme il avait tout avalé ce soir, d'une traite. Son esprit s'éclaircit.

Antoine et Gisèle. Il était donc assis dans le salon d'Antoine et Gisèle, lui assureur depuis trente-cinq ans, elle, pharmacienne de mère en fille depuis trois générations. Il avait rencontré Antoine au lycée, lequel lui tenait lieu de plus vieil ami à l'abri des mondanités – il en fallait toujours un aux plus grandes célébrités – et surtout de faire-valoir, dont il fallait bien reconnaître que, ce soir-là, il valait de l'or. Après leurs mariages respectifs, ils avaient continué à se voir, à sortir quelquefois à quatre, car Laure, si elle trouvait Gisèle un peu terne, appréciait son esprit rationnel et la résistance qu'elle opposait à toutes les poudres de perlimpinpin que l'époque fabriquait en matière de santé.

Puis le cinéma avait peu à peu fait place nette autour de Pierre qui réservait cependant à son vieux camarade un ou deux déjeuners par an. Antoine et Gisèle. Antoine et Gisèle, qui, pour la première fois de leur vie, crevaient l'écran, prenaient la lumière, volaient le feu aux dieux en arborant leur vie tranquille, leur familiarité, leurs années, l'impunité dont leur paisible salon semblait tresser les fils, si bien qu'envoûté ou bercé Pierre ne mit pas longtemps à s'endormir sur le canapé.

Le lendemain matin, après l'avoir écouté se plaindre, Antoine apprit à Pierre que se donnaient des cours de rééducation à deux rues de chez eux auxquels, s'il le souhaitait, Gisèle l'accompagnerait puisqu'elle ne travaillait pas le mercredi, une vieille habitude remontant à l'enfance de leurs jumelles aujourd'hui trentenaires et devenues pharmaciennes, mais Antoine n'était pas du genre à rougir de ce qui tramait l'essentiel de sa vie, à savoir l'habitude. Pierre dodelina de la tête tout en achoppant sur l'idée que même dans le foyer d'Antoine et Gisèle rôdait encore l'ombre du danger et qui plus est, doublement. Il chercha aussitôt dans le salon une photo qui lui en révélerait les visages et aperçut sur une étagère le portrait de deux jeunes filles brunes et souriantes posant tout habillées devant une mer d'huile, ou était-ce un lac, puisqu'il se rappela qu'Antoine et Gisèle aimaient passer toutes leurs vacances au bord d'un lac. Et s'il avait l'air d'écouter les précisions que lui donnait Antoine concernant l'heure et le propos des cours, il s'efforçait surtout de retrouver les prénoms de ses jumelles en blouse blanche. Clémence et Victoire ? Clémentine et Éléonore ? Il y avait du *en* et du *or*, il en était certain. À moins que ce ne fût du *f* et du *ine* ? Flore et Faustine ? Sans interrompre Antoine, il continua à égrener les hypothèses avec un ravissement dont il dut s'éveiller lorsque Gisèle arriva devant lui tout emmitouflée et énonça l'intitulé exact de la séance à laquelle elle l'emmenait, *Éloge physio-psychologique des femmes en maturité.* Flore et Faustine valaient bien mieux qu'un tel programme. Le cours commençait dans vingt minutes, juste le temps d'y aller et de trouver des places car il y avait du monde, dit Gisèle. Pierre s'exécuta et, quand ils prirent l'ascenseur, il songea que jamais, au grand jamais il n'aurait pensé un jour assister à un cours pour apprendre à aimer les vieilles, qui plus est avec l'une d'entre elles. Quelque chose le retint cependant de substituer au verbe *aimer* celui de *baiser.* Et à la place, il demanda des nouvelles de ses filles à Gisèle qui mit fin à ses recherches en lui répondant que Marine et Aliénor allaient tout à fait bien. Des prénoms de filles d'amiral, pensa-t-il, en trouvant encore le moyen d'enflammer son esprit par des visions de poignets graciles attachés au bastingage.

Le problème de Juvena, c'est que Théo ne ferait pas avancer sa carrière comme Pierre avait commencé à le faire. D'autant que celui-ci se vengerait. Non seulement il passerait des coups de fil en sens inverse et demanderait à tous ses amis de rayer le nom de Juvena Biel, mais il encouragerait les directeurs de casting publicitaire à l'appeler pour qu'elle vendît les mérites des margarines et des tampons hygiéniques, c'est-à-dire à l'humilier et lui faire lâcher une carrière dévaluée pour mieux pouponner et s'occuper de sa maison. Ainsi troquerait-elle l'ambition contre la décoration, manière prestigieuse de désigner cette appétence domestique qui, de magazine en brocante, semble célébrer une créativité dressée contre la passivité de bobonne en son foyer. Mais les autorités ne s'y trompèrent pas et, dans l'élan du 27 janvier, elles interdirent tout de go le loisir de la décoration. Les boutiques fermèrent les unes après les autres, des tas de femmes se retrouvèrent à devoir organiser leurs journées autrement que par l'arrangement d'un salon, la recherche d'un tapissier ou d'une nouvelle formule d'huile de lin. On encouragea l'ameublement fonctionnel et sans recherche esthétique. À qui trouvait cela soviétique, on répondait qu'en dépit de tous ses défauts le régime communiste avait tout de même su donner de l'ambition aux femmes. On brandit des chiffres, l'incontestable supériorité des épouses russes sur leurs hommes.

Outre l'ennui qui les engloutissait soudain, les férues de décoration se scandalisèrent en invoquant le droit à la beauté et descendirent dans la rue affublées de banderoles magnifiques puisque c'était tout ce qu'il leur restait de magnifique, les banderoles. On reconnut alors que toute cette histoire de beauté ne valait que pour le statut social qu'elle rapportait et que la décoration n'était rien d'autre qu'un arbitrage d'élégances soucieux de maintenir le bien-être oisif de bourgeoises sûres de leur bon goût.

Juvena dut donc, entre deux castings décevants, suivre des cours sur l'ambition, où l'on revisitait des siècles d'histoire durant lesquels les femmes s'étaient contentées d'attendre que les hommes agissent et vécussent de grandes choses, une habitude qui, disait-on dans ces sessions, n'était pas de leur fait mais qui avait conditionné chez elles un manque de confiance assorti d'un désir de tranquillité, autrement dit l'amour d'un foyer où, par ailleurs, elles s'ennuyaient ferme quand elles ne s'y désespéraient pas. Or c'en était bel et bien fini. On fit également valoir que dans l'intérêt de la société et de toutes ses femmes, les cadettes devaient impérativement veiller au bonheur des aînées et que c'était un bien mauvais calcul que de vouloir les évincer. Alors quand elle eut achevé son cycle sur le sujet et coché la dernière case du formulaire qui validait sa formation, Juvena prit une grande décision : elle serait actrice envers et contre tout. Et sans l'aide d'aucun homme déjà dans la place. Elle devrait au contraire miser sur l'image d'un nouveau contrat, celui d'un couple parfaitement symétrique, quasiment gémellaire avec Théo. Elle qui avait toujours eu un faible érotique pour la symétrie, ça tombait bien. Sa vie amoureuse serait désormais une véritable ode à la louange du nouveau régime, dont toutes les strophes commenceraient par « Théo, mon jumeau ». Elle regretta toutefois qu'il ne pût lui aussi se targuer de la rime, envisagea qu'il la rebaptisât Arielle ou Axelle pour qu'elle fût sa jumelle et, à défaut, le pria de ne jamais citer son prénom sans son nom.

Juvena et Théo allèrent chez le coiffeur, y demandèrent la même coupe, la même couleur, ainsi que dans toutes sortes de boutiques pour trouver des pièces similaires et adaptées qui leur permirent de se composer une garde-robe troublante à force d'indifférenciation, laquelle occasionnait des strip-teases agrémentés de « Suce-moi, sœurette » et de « Lèche-frangine » totalement affolants. Si bien qu'un matin, tout en s'arrondissant, Juvena déclara que c'était à ne pas douter en famille qu'elle imaginait les meilleures sodomies. Bien qu'il eût, depuis la loi, gagné en audace, Théo, troublé, en renversa son café. Elle lui proposa alors de l'assaillir comme un frère de lait le ferait, séant tenant.

Quant à Sabine, elle multiplia les mycoses. Elle décida donc d'aller chez l'un de ses vieux camarades d'internat, qui, avant même de l'examiner, lui conseilla de modérer sa consommation de sperme, en disant *sperme* comme il aurait dit *graisse*, avec dégoût, condescendance et un zeste d'incrédulité. Il l'examina d'ailleurs d'un air qui froissa son visage comme s'il s'apprêtait à ouvrir une boîte de conserve avariée, en ajoutant un « voyons voir ce qu'il y a là-dedans » des plus désobligeants. Mais tandis qu'il découvrait l'ampleur de ses mycoses, il découvrit aussi la vitalité de ses muqueuses tendres et humides, et changea aussitôt d'attitude. Sabinette, dit-il, que dirais-tu d'une petite galipette ? Sabine se redressa violemment. Mais tu n'y penses pas, Régis ! s'écria-t-elle, aussi scandalisée qu'une jeune fille agressée par un barbon, et sitôt que le mot affleura dans son esprit, étrangement il y remplaça le visage de

Régis par celui de Martin Knopp dont la campagne d'affichage démultipliait les yeux bleus sur tous les murs de la ville. Le gynécologue vexé ne manqua d'ailleurs pas de lui exprimer son soutien tandis qu'elle se rhabillait, et de préciser qu'il allait même adhérer à son parti.

Depuis que le régime en avait fait sa pasionaria, la haine de Knopp s'en prenait personnellement à Sabine : il condamnait ses fréquentations, ses comportements dépravés, et sans doute bientôt ses MST, mais, heureusement, les autorités la défendaient chaque fois en plaidant un digne et mérité rattrapage. Toutefois tant de publicité fit craindre à Sabine que ces polémiques n'arrivassent aux oreilles de son fils Paul, sans compter le malin plaisir que prendrait certainement l'aigre Régis à en informer son ex-mari, voire toute la profession.

Furieuse, elle quitta le cabinet dans la seconde et, dans l'escalier, appela son amie Isabelle pour lui demander, primo, de lui trouver dare-dare un autre gynécologue et, deuzio, dans la foulée, de lui organiser une rencontre avec Knopp à qui elle devait instamment parler et clouer le bec.

— Knopp ? s'exclama Isabelle. Mais je croyais que tu ne voulais plus le croiser de ta vie ?

— Au contraire, insista Sabine.

Son amie obtempéra tout en ajoutant qu'il ne serait pas facile à attraper.

Sur ce, Sabine enfourcha son scooter. Ses démangeaisons enflammèrent la fourmilière de son entrejambe, redonnant par là même un cuisant écho au déplaisant « là-dedans » sorti de la bouche de Régis.

Il faisait si chaud dans la salle qu'en quelques minutes à peine toutes les femmes se découvrirent. Pierre incrimina leurs hormones alors qu'il aurait dû se douter que les autorités surchauffaient les salles en vue de les dénuder. Gisèle retira son manteau, son écharpe, sa veste, son pull, chaque fois en amortissant un peu plus le soupir qui lui échappait, et, avant que de les voir, Pierre sentit ses bras nus effleurer les manches de sa chemise. Bien qu'assez minces, les bras de Gisèle étaient recouverts d'une peau fine et légèrement fripée qu'il s'épargna de regarder pendouiller au moindre geste qu'elle faisait pour remettre ses cheveux ou ses boucles d'oreilles en place. Des cheveux, par ailleurs, d'un châtain profond qu'elle portait attachés depuis qu'il la connaissait et où l'on n'entrevoyait pas l'once d'une racine, ce qui lui fit considérer l'avantage d'être, après cinquante ans, un cul serré tiré à quatre épingles, comme Laure avait décidé de ne plus être. Mais n'était-ce pas sa faute à lui ? N'avait-il pas jeté Laure dans un océan de solitude où le renoncement avait plus d'une fois dû l'engloutir, tandis que Gisèle restait, quoi qu'il arrivât, la prunelle d'Antoine ? Le mot *prunelle* rebondit dans l'esprit de Pierre comme une petite balle en caoutchouc, mais indéfiniment et sans direction.

Le niveau sonore de l'assemblée baissa quand apparut la conférencière, une certaine Sabine Tabard, médecin de son état, ainsi que le signalait le tableau d'affichage. Une bonne soixantaine, grande et blonde, en pantalon, campée sur des jambes longues et étrangement écartées qui ne seyaient pas à son rôle, à moins, se dit Pierre, que les femmes mûres ne deviennent les amazones du futur, mais le mot *amazone* ne rebondit pas. Affolé, il chercha de tous côtés à repérer dans la salle une femme de moins de quarante ans. Il plissa même les yeux sur la conférencière en se faisant croire que, dans le flou, il pouvait lui enlever la moitié de son âge mais n'y parvint guère plus de trois secondes d'affilée.

D'immenses planches anatomiques tombèrent du plafond, tels de glorieux pavillons. S'y déployait toute l'étendue des organes génitaux féminins. Jambes toujours écartées, Tabard y faisait aller et venir son immense stylet, en expliquant chaque fois la fonction de l'organe désigné, ses caractéristiques et autres propriétés. Suivirent d'autres images de femmes en situation de courir, conduire, bondir ; des silhouettes sveltes, graciles, incroyablement dynamiques. Mais les deux seuls mots que Pierre attrapait parce que cette Tabard les martelait, c'était *maturité* et *sexualité*. Toutefois, son esprit renâclait, refusait d'y mettre d'autre lien que la rime, jusqu'à ce qu'apparurent des images plus crues : des photos de seins lourds, des cuisses grasses, des toisons grisonnantes et clairsemées, des vulves larges, flapies, décolorées, qui ne suscitèrent de la part de l'impassible conférencière que quelques coups de stylet supplémentaires. Sans l'ombre d'un trouble, sa main semblait fouiller toutes ces chairs usagées pour qu'y rayonnassent des clitoris sertis et gonflés, dont elle disait et répétait qu'ils étaient inaltérés parce que inal-té-rables. Des diamants roses, insista Tabard qui, se rendant aussitôt compte que beaucoup d'hommes présents entendraient *flamants roses*, rectifia en *gemmes roses*.

À la façon dont elle frétilla sur son siège, Pierre se souvint d'être assis à la gauche de Gisèle Delmain, laquelle était peut-être stimulée par l'éclat subit de sa propre gemme. Pierre tourna la tête et s'attarda sur le profil de la femme de son ami : le regard bien droit, elle affichait un sourire figé dont il n'y avait rien à tirer, contrairement aux fines et multiples rides dont il n'avait jamais vraiment compris qu'on les appelât pattes-d'oie, question mille fois débattue avec Laure le matin devant la glace et que leur divorce avait heureusement chassée de son langage. Lui revint cependant qu'il ne sut jamais si c'était la forme même de la patte divisée en trois qui inspirait ce nom ou les innombrables plissures qui s'imprimaient à la surface de cette patte. Il se souvint par la même occasion de la fâcheuse habitude qu'avait Laure de se jeter à tout bout de champ sur le dictionnaire de sa table de chevet puisque des tas de mots lui venaient dans la nuit dont elle devait, disait-elle, chercher aussitôt la définition à la lumière de sa liseuse, sous peine de les oublier au matin, manie qui avait le don d'exaspérer Pierre mais qui, lui-même recevant parfois des textos coquins à des heures indues, se gardait bien de lui reprocher quoi que ce fût. Il se rappela en particulier la demi-douzaine de fois où elle lui avait lu toutes les définitions afférentes à cette expression précise pattes-d'oie sans qu'il en retînt rien qu'un déplaisir global. Or, pour la première fois de sa vie, le coin de l'œil de Gisèle lui fit comprendre que de telles ridules pouvaient revêtir un semblant de charme mais le mot *semblant* fit péniblement quelques ricochets timides en son esprit avant de céder la place à la vision des pommettes hautes de Juvena qui déroulaient leurs surfaces lisses comme de vastes plaines où aucune oie n'avait encore jamais posé ses sales pattes. Il enragea un instant puis reconsidéra ensemble la peau striée de Gisèle et les vulves flétries qui crevaient l'écran, dans un effet de succession de plus en plus rapide, et proche de l'animation, qui l'amusa, l'excita, en même temps qu'il lui donna le tournis. Quand il cessa, le mot *prunelle* vint rebondir encore, se confondant cette fois avec la perle rose du clitoris qu'un effet de colorisation rendait plus saillant, et rimant obstinément avec le prénom de Gisèle. Je suis fou, pensa-t-il, cette histoire me rend fou. La loi n'aura pour conséquence que de remplir les asiles d'aliénés dans mon genre, mot qui le renvoya aussitôt à la paire de jumelles qu'avait engendrée la paire de prunelles, Aliénor et Marine, chacune sans doute dotée d'un bijou de famille tendre et précieux comme leur jeunesse. Totalement fou, se redit-il en décidant toutefois qu'il n'aurait de cesse qu'il n'allât vérifier l'existence du trésor sous leurs blouses blanches. Jamais de la vie ! s'ordonna-t-il in petto, et, quand il eut fini de dialoguer avec toutes ses voix, l'assemblée se mit à applaudir.

C'était déjà la fin de la séance. Il crut alors voir la conférencière se gratter l'entrejambe mais pensa que c'était là encore un tour que lui jouait sa folie galopante. Il se leva et tourna le dos à l'estrade. Gisèle se rhabillait et, tandis qu'elle rajustait ses couches de vêtements, Pierre se demanda si toutes ces étoffes venaient recouvrir une circulation de flux certes amoindris par rapport à ceux d'une femme de trente ans mais assez tenaces pour affréter encore quelques embarquements. Il lui sourit, et, quand ils sortirent, comme par magie, Gisèle lui proposa de passer à la pharmacie où elle devait vérifier quelque chose. Ni l'un ni l'autre n'évoquèrent la moindre bribe de ce qu'ils avaient perçu ou pensé. Pierre en conclut que ce serait peut-être là leur pathétique secret mais que, par les temps qui couraient, on avait les secrets qu'on pouvait.

Étant donné l'affluence, il mit un certain temps à percevoir distinctement leur visage et à constater que la seule différence entre elles tenait à la longueur de leurs cheveux. Quand l'une les portait longs et en queue-de-cheval, l'autre avait opté pour un carré court, mais toutes les deux affichaient les mêmes traits épais, où Pierre reconnut la part ingrate de ce pauvre Antoine. Gisèle, quant à elle, dès l'instant où elle pénétra dans la pharmacie, changea de ton, de débit, et se mit à parler avec l'autorité d'une patronne redoutée. Y compris par ses filles. À tous, elle demandait dates de commande et heures de livraison, n'hésitant ni à signifier son impatience ni à réitérer ses questions jusqu'à l'obtention de réponses plus précises. Pierre constata qu'elle avait, en quelques minutes à peine, chassé le trouble éventuel qu'il avait cru ressentir pendant la séance, à moins que ce ne fût justement cette séance qui lui donnât cette soudaine assurance. Intimidé, il regardait les brosses à dents tout en continuant à observer les jumelles et ne sut s'il préférait qu'elles fussent disgracieuses pour mieux imaginer l'érotisme ordurier qu'inspirait n'importe quelle blouse blanche, ou s'il était tout simplement déçu, voire triste de ne trouver aucun charme à d'aussi jeunes femmes. Et quand, sur ordre de leur mère, elles vinrent enfin saluer le plus vieil ami de leur père, il eut le choix entre détester le superlatif et dédaigner leurs mines gourdes et ridicules dignes de Javotte et Anastasie, les incasables sœurs de Cendrillon, qui agaçaient tant Manon quand elle était petite. Par amour pour sa fille, il choisit la deuxième option. Lucide et gênée, Gisèle somma les jumelles de retourner à leur comptoir et, pour la première fois, Pierre entrevit la séduction de la marâtre.

Sur le seuil de la pharmacie, ils croisèrent un couple de nonagénaires en déambulateur que Gisèle salua chaleureusement. Soixante-dix ans de vie commune ! observa-t-elle en les aidant à entrer. Outre qu'il s'émut de leur impotence synchrone, de la lenteur identique de leurs gestes, et de cette crue que l'âge faisait désormais déborder de toutes parts dans son existence, Pierre ne sut si Gisèle avait lancé son exclamation d'un ton affligé ou enjoué, mais son doute fut levé au moment du dîner quand, volubile, elle se mit à relater sa journée. Ou plutôt *leur* journée, ainsi qu'elle le précisa.

Elle décrivit avec une minutie diabolique chaque élément du décor où eut lieu le cours magistral du Dr Sabine Tabard, sans oublier bien sûr de détailler chacune des planches anatomiques que sa mémoire photographique – l'habitude de scruter des compositions écrites en corps cinq ou six, expliqua-t-elle – avait scrupuleusement enregistrées. Entre la poire et le fromage, elle rappela la situation exacte du clitoris, son amplitude de volume au fil des ans et des caresses, ainsi que l'ensemble des stimulations auxquelles il répondait le plus favorablement, ce qui fit penser à Pierre qu'il n'avait peut-être jusque-là jamais fait de cunnilingus digne de ce nom. Antoine se tortilla légèrement sur sa chaise mais l'autorité de son épouse suffisait à calmer sa gêne et à le faire opiner du chef avec un flegme qui laissait penser à Pierre que, primo, la valeur de Gisèle attendait le nombre des années, et, deuzio, qu'il était en présence du couple le plus torride de la ville. Antoine et Gisèle Delmain, trente ans de mariage, qui l'eût cru ? Il n'en dormit pas de la nuit, soit parce qu'il les imaginait en train de copuler furieusement dans la chambre d'à côté, soit parce qu'il rêvait déjà de ce qu'il leur proposerait au petit déjeuner. Sans compter la vision qui fit basculer son insomnie dans une fantasmagorie orgiaque : celle d'Aliénor et de Marine pendues aux mamelles de Gisèle tandis qu'Antoine lui dévorait la prunelle.

L'indifférence cruelle que Laure manifesta à Pierre se convertit en afflux de tendresse pour leur petite-fille Adèle. Sans doute un scrupule à l'égard d'une vie de famille dont il ne restait plus grand-chose et l'assurance nouvelle que la loi donnait aux femmes en âge d'être grands-mères. Laure proposa donc à sa fille Manon de ne pas hésiter à la solliciter si besoin, ce que celle-ci fit dès le lendemain en lui demandant de conduire l'enfant chez le pédiatre. C'est ainsi que Laure renonça à son cours de yoga pour, à sa grande surprise, se retrouver face à la désormais célèbre Sabine Tabard.

Elles parlèrent otites et température, mais Laure eût aimé lui poser bien d'autres questions sur la loi, le nouveau régime, le sort des couples coupables. La pédiatre était cependant une femme pressée si bien que, la fois suivante, Laure choisit elle-même l'heure du rendez-vous et visa la dernière consultation de la journée qui, elle l'espérait, leur laisserait un peu plus de temps pour bavarder. Et, de fait, sur le pas de la porte, leur première conversation hors sujet commença. Suivie d'une deuxième quinze jours plus tard, à la faveur d'une angine d'Adèle, et qui occasionna les premières confidences de Sabine. Elle lui avoua son âge, jamais plus en fleur, précisa-t-elle, et sa reconnaissance infinie pour cette loi providentielle qui, en plus de lui offrir une vie sexuelle revigorée, lui proposait de s'engager de manière citoyenne et décisive car, Sabine en était sûre, le monde était sur le point de changer. Pour les femmes et pour toute l'humanité. À la quatrième consultation, Laure lui parla de yoga, et Sabine, qui commençait à la trouver attachante et frustrée, lui conseilla d'arrêter car, avec toutes ses postures inversées, le yoga, c'était prouvé, rétractait les organes génitaux et amoindrissait biomécaniquement les poussées libidinales. Sans compter que c'était une pratique narcissique qui rendait les adeptes fous de leur propre corps et sexuellement inappétents, ainsi d'ailleurs que toutes les pratiques sportives intensives. Un sujet qu'elle aborderait longuement lors de sa prochaine conférence, ajouta-t-elle : les femmes mûres devaient réviser leurs choix et s'adonner désormais à des activités physiques moins contraignantes.

— Masturbez-vous, lui dit-elle devant le visage d'ange de la petite Adèle dont Laure eut immédiatement envie de couvrir les yeux et les oreilles.

— Oh mais, docteur… bredouilla-t-elle.

— Faites venir les images, reprit Sabine, et les scènes viendront d'elles-mêmes. Ainsi vous huilerez la machine et il n'y aura plus qu'à. Car, vous verrez, quand on pratique souvent, on n'a qu'une envie : qu'une bonne queue passe par là pour, d'un bon coup, vous finir royalement.

À ces mots, Laure eut envie de disparaître mais, à la place, elle enfouit toute la tête d'Adèle sous sa capuche. Malgré tous les noms d'*engins*, *vits* et autres *membres* dont les romans libertins affublaient le sexe masculin, celui de *queue* déclencha des visions de taille et de volume bien plus brutales qui lui firent aussitôt mesurer la pruderie sous laquelle ses pulsions suffoquaient depuis des années ; elle vivait depuis trop longtemps en dehors des radars, dans une chasse gardée sans chasseur, illustration parfaite de l'énantiosémie du verbe *chasser* qui signifiait une chose et son contraire, attraper et repousser, un phénomène de langue qui fascinait Laure mais qui lui empoisonnait l'existence. Elle sut donc gré à son interlocutrice d'être aussi tranchée, et, comme si elle les avait enregistrées, revint plusieurs fois à ses paroles.

Elle mit quelques jours avant de se lancer. La première fois, elle essaya de se caresser sous la douche mais elle eut mal au poignet et le sexe irrité. Elle recommença deux jours plus tard, cette fois hors de la douche, et sentit un début de quelque chose qui ne lui plut pas plus que cela. Elle voulut renoncer. Persévérez, lui ordonna Sabine avec laquelle elle communiquait désormais par texto, huilez, mouillez, salivez. Ce qu'elle fit et, au septième jour, elle s'entendit gémir puis crier d'une manière à la fois honteuse et prodigieuse. Elle envoya un message à Sabine qui la félicita. Et pour fêter cela, Laure recommença.

Pour varier son plaisir, elle utilisa des images, des vidéos, des bandes-son. Chaque fois, elle se demanda comment elle en était arrivée là, tombée si bas, à ne plus attirer sur elle autre chose que ses propres bras et à devoir brider son vagin affolé comme les mâchoires d'un chien affamé. Elle pensa même qu'elle pourrait ne plus faire que cela, jouir à en perdre la raison, tomber au fond d'un trou de luxure et de solitude. Quand elle se présentait devant ses étudiants, elle redoutait qu'on ne la démasquât et qu'un garçon avisé ne reconnût l'odeur du sexe autour d'elle, sur ses copies, ses mains, sous ses ongles. Mais, ainsi que l'avait prédit Sabine, des images lui vinrent : celle d'une queue veinée qui se dressa et la secourut. Elle se força à le lui écrire avec ces mots-là, sans métaphore ni périphrase, puis envoya son message sans se donner le temps de le relire.

La nouvelle stratégie de Juvena commençait à payer.

L'idée de faire jouer des jumeaux incestueux inspirait de plus en plus de scénaristes, de metteurs en scène et de directeurs de casting, décourageant Pierre de passer ses coups de fil dissuasifs. Quoi de plus beau que ces deux acteurs du même âge ? lui répondait-on. Et qui plus est bientôt parents d'un enfant dont on disait qu'il s'appellerait Hélios ou Apollo si c'était un garçon, Léto si c'était une fille, pour redonner envie aux générations de fonctionner à plein régime et sans dévier leur cours ? On vit bientôt les portraits de Juvena et Théo recouvrir les murs de la ville et le bébé à naître annoncer la rédemption de l'humanité. Quand Juvena se présentait désormais à une audition, elle n'arrivait plus dans l'ombre d'un père mais dans la lumière d'une triade, tantôt parentale, tantôt fraternelle, et toujours fabuleuse. Et il en fut de même pour Théo qui devint une sorte de géniteur idéal, au point qu'il en oublia presque qu'il n'était pas celui du petit dieu à naître. Et quand quelques mois plus tard, dans la salle de travail, on le posta devant l'effrayant entrejambe de Juvena, s'il fut perplexe à l'idée d'y remettre un jour sa langue, il considéra surtout que de ce magma répugnant allait surgir d'une minute à l'autre son bébé, sa merveille, son portrait craché, un autre lui-même magnifiquement sorti des entrailles de Juvena.

Ce fut Sabine qui fut chargée de donner ses premiers soins au déjà célèbre nouveau-né. Fierté, loyauté et ferveur guidaient l'examen clinique qui déclara l'enfant parfait et que ses parents baptisèrent Acteo pour, dirent-ils, rendre hommage à leur profession. Mais, à la seconde où Sabine le lui présenta, Juvena vit qu'Acteo ne pouvait être que le fils de Pierre. Ses yeux évitèrent ceux de Théo qui ne cessait de se rengorger et de l'embrasser. Elle justifia son regard fuyant par son extrême fatigue et peut-être aussi par la honte de lui avoir présenté souillé ce qu'il appelait depuis toujours son corps de reine, mais Théo la rassura en lui disant qu'il avait hâte d'en honorer la toute nouvelle ampleur. Ils s'adonnèrent à toutes sortes de séances photos qui les consacrèrent sainte famille mais où, chaque fois, Juvena prit soin d'enfouir le visage d'Acteo dans des linges afin que, tel un dieu, il demeurât invisible. Mais elle eut beau faire, le secret devint pour elle bien plus lourd à porter que son charmant bébé, si bien qu'un matin, n'y tenant plus, elle demanda à voir la pédiatre.

— De quoi s'agit-il ? demanda Sabine en s'approchant.

Et Juvena lui raconta.

Sabine commença par lui expliquer que les enfants conçus moins de trois mois avant le 27 janvier devaient être signalés comme des enfants d'Ancien Régime et remis aux autorités.

— Mais pourquoi ? s'insurgea Juvena.

— Parce que la loi n'est pas tombée du ciel et qu'avant elle avait déjà été promulgué l'édit d'Agnès, en hommage au personnage de Molière qu'en tant que comédienne vous êtes bien placée pour connaître.

Juvena n'avait jamais lu *L'École des femmes* et jura ses grands dieux qu'elle n'avait jamais entendu parler d'un tel édit, mais le bip de Sabine sonna : on l'appelait d'urgence en salle de travail. Elle s'excusa et quitta sa chambre du même pas vacillant que Montgomery Clift dans *La Loi du silence*, son Hitchcock préféré, précisa-t-elle. Indication que Juvena saisit au bond en demandant à Théo de lui apporter le film dare-dare et dont elle ne sortit que plus terrifiée à l'idée que la grande prêtresse du régime pût être tentée de la dénoncer.

Pierre avait élu domicile dans la chambre d'Aliénor après avoir longuement hésité avec celle de Marine, et, au plus fort de son indécision, manqué d'avouer que c'était dans celle de leurs parents qu'il aurait voulu s'installer. D'autant que Gisèle suivait le protocole de sa rééducation avec l'attention d'une mère, arrivant plus tard à la pharmacie comme au bon vieux temps, plaisantait-elle, lorsque ses filles étaient malades. Elle attendait donc qu'il eût bu son café pour donner le signal du départ en s'emmitouflant chaque fois devant lui car jamais l'hiver n'avait été si long et si rigoureux. Et Pierre la regardait enfiler bonnet, écharpe et gants en songeant que le concept de strip-tease était peut-être réversible.

Les séances se suivaient et se ressemblaient. Présentées par des conférencières, elles retraçaient des siècles de féminité bafouée, pourfendaient le jeunisme criminel et délétère des vieilles sociétés misogynes, mais comme la république de Juvenia était pionnière, elle donnerait l'exemple au monde entier. Les autorités avaient même songé à changer le nom du pays mais jugèrent qu'en plus du reste c'eût été trop perturbant.

À la sixième séance d'un programme qui en comptait huit, Pierre vit surgir sur l'estrade un conférencier : c'était un homme de son âge, mince et tonique, qui déroulait son laïus d'un air enjoué, lyrique et convaincant. Dès lors, tout sonna différemment aux oreilles de Pierre. *La procesión va por dentro*, lui dit Gisèle dans un espagnol qu'il ne comprit pas mais qui le charma. Il la suivit hors de la salle surchauffée en humant le parfum de sa sueur et n'eut alors de cesse qu'il ne connût aussi le parfum de sa fleur puisque, malgré les années, entêtante fleur il y avait, cachée dans les replis, profonde, capiteuse à souhait, selon les mots du conférencier. Si bien que la tristesse qui assombrissait toujours le regard de Pierre depuis le départ de Juvena se dissipa totalement et, pour fêter ce ciel clair et neuf, le soir même il invita ses hôtes dans un grand restaurant.

Ils burent plus qu'ils ne mangèrent et, quand ils rentrèrent, ils se jetèrent sur le grand canapé, contents et prêts pour un nouveau festin, le festin de Gisèle, suggéra celle-ci. Invitation impromptue qui fit hésiter les prunelles de Pierre et d'Antoine mais sur laquelle fondirent ensemble leurs bouches avides.

Ils donnèrent ce soir-là à leur longue camaraderie le regain d'un appétit goulu, démoniaque, attisé par le désordre lascif d'une femme qui normalement tirée à quatre épingles n'aspirait plus qu'à se faire tirer par deux tringles. D'un commun accord et sans un mot, ils se talonnèrent l'un l'autre pour la renifler, la humer de partout, ne laissant aucun sillon, aucune ride tranquille, pas le plus petit recoin de peau où leurs langues n'allèrent chercher le sel de ses années et des leurs, lécher, stimuler, savourer toute la sève du temps. Ils n'en conçurent ni gêne ni honte mais une complicité féroce où se glissa peut-être celle qu'éprouvèrent Remus et Romulus en tétant leur louve de mère. La légende romaine ne dit pas cependant celle que leur inspira peut-être la volte-face de celle-ci qui de tétée devint tétante, nourricière et insatiable. Comme Gisèle lorsqu'elle retourna ses vieux louveteaux sur le dos en les soumettant alternativement au plus voluptueux tête-à-queue de leur histoire. Tant et si bien que, cette nuit-là, ni l'un ni l'autre ne la pénétra sans qu'on songeât même à se demander pourquoi. Et comme dans un conte oriental, Gisèle dut attendre trois autres nuits pour recevoir enfin la visite complète de ses hôtes. C'est ainsi qu'après trente ans de mariage avec l'un, elle le confondit avec l'autre dans un con plus que fondant où ses spasmes ondulaient telle une houle douce et chaude. Au point d'en conclure au plus fort de son plaisir que, finalement, la gémellité était peut-être gage de vérité, et que la république devrait oser graver à ses frontons la devise *Égalité, Gémellité, Vérité*. Et elle, alternativement, la susurrer et la crier.

Laure aurait pensé que le mot surgirait plus tôt dans le lexique officiel mais le régime mit plusieurs semaines avant de sanctifier la notion d'homochronie et d'en faire son nouveau marqueur anthropologique. Si les foules le pensaient nouveau, inventif et par là même normatif, elle savait, elle, qu'il avait toujours revêtu un autre sens et surtout servi dans des contextes cliniques et pathologiques qui cherchaient à retracer l'apparition des maladies, sens que le régime préférait, bien sûr, occulter tout à fait. Elle s'en ouvrit à Sabine lorsque, pour la première fois, elles se retrouvèrent à boire un verre chez celle-ci. Elles discutèrent donc lexique et étymologie avant que Sabine ne racontât les dernières exactions que Knopp avait commises à son endroit, la manière abjecte qu'il avait eue, par exemple, de lancer ses sbires sur les estrades pendant les conférences qu'elle donnait pour la contredire violemment, ou de disposer à la sortie des haies de jeunes femmes affriolantes, toujours blondes aux yeux bleus, qui discréditaient aussitôt tout ce qu'elle s'était échinée à démontrer aux hommes venus se rééduquer. Ou encore d'annuler à la dernière minute tous les rendez-vous que son amie Isabelle tentait désespérément d'organiser.

Les yeux noirs de Laure brillaient dans la lumière tamisée du salon, d'un éclat de gemme sombre et précieux. Sabine mit ce rayonnement sur le compte du plaisir qu'elle prenait désormais régulièrement et de la joie que crée toujours la naissance d'une nouvelle amitié, joie qu'elle-même éprouvait car Laure était une femme splendide. Lorsqu'elle se déplaçait, elle déliait une silhouette longue et féline qu'elle devait, il fallait bien l'admettre, à ses années de plongée et de yoga. L'abus de sport a désexualisé les femmes mûres, lui redit encore Sabine, qui, pour rester jeunes d'allure, ont tout sacrifié à une hypertonicité performante mais asséchante, l'art de l'abandon lascif, en particulier. Or vous mesurez à quel point il faut lâcher pour jouir, n'est-ce pas ? Laure acquiesça mais ne se sentit pas autorisée à répondre un oui franc et massif, si bien que, gênée, elle reparla d'homochronie et enchaîna sur la nécessité pour le nouveau régime de trouver un but à la copulation qui soit à la hauteur de la perpétuation de l'espèce. Car ce qui poussait les hommes mûrs à copuler avec des femmes jeunes, qu'ils leur fissent des enfants ou pas, c'était toujours la possibilité de se reproduire, n'est-ce pas ? Or comment remplacer une motivation pareille ? Comment laisser ces hommes s'attrister à leur insu d'une humanité qui, tel un lac, serait devenue une immense eau stagnante ? Et leur faire valoir que seuls leurs fils pouvaient désormais nager en haute mer, donner à leurs assauts le puissant goût du large et de l'avenir ?

— À moins que la science ne découvre bientôt un moyen de faire reculer d'au moins dix ans la ménopause, ajouta Laure.

Son érudition et son phrasé docte semblaient repousser très loin toute possibilité d'avilissement mais ses doigts fins qui virevoltaient quand elle parlait telles de tendres hirondelles rappelèrent à Sabine que, depuis peu, son interlocutrice s'adonnait à des caresses qui devaient mâtiner leur impeccable élégance d'un zeste ou plutôt d'un long filet de stupre. Et de ce stupre, elle eut soudain follement envie. Elle croisa et décroisa les jambes en inspirant profondément car ses responsabilités officielles lui enjoignaient de se contenir. Elle s'obligea également à ne plus regarder les mains de Laure sous peine de se jeter dessus pour les humer, et à ne plus penser qu'au pénible emploi du temps qui l'attendait le lendemain à la première heure. Laure repartit donc avant minuit mais posa sur son hôtesse un dernier regard, gemme noire qui se teinta aussitôt de quelques nuances de rose sporadiques et persistantes. Et Sabine laissa passer un peu de temps avant de répondre à Laure qui, dès le lendemain, la remercia de son invitation.

Elle reçut son message tandis qu'elle finissait de déjeuner avec son fils Paul. Doux et gentil, celui-ci n'osa rien lui reprocher mais il lui demanda d'être un peu plus discrète avec les hommes. Elle acquiesça tout en découvrant la fin du message de Laure qui ajoutait que ses caresses faisaient croître son plaisir mais aussi son impatience. Sabine rangea son téléphone, attendit d'être seule pour relire plusieurs fois le message à haute voix et décida de la réinviter trois jours plus tard en lui promettant cette fois une surprise de taille.

Laure devint folle, obsédée. Elle dispensait ses cours, assistait à des réunions, des soutenances de thèse, des délibérations mais, systématiquement, elle projetait les visages et les corps qui l'entouraient dans des processions, des orgies sexuelles, des gesticulations dignes d'un cartoon érotico-burlesque. Quand elle arriva chez Sabine, elle était fébrile mais celle-ci l'accueillit d'une voix grave et douce qui aussitôt l'apaisa. *Et la baisa*, eut-elle envie de compléter dès qu'elle aperçut la silhouette d'un homme dans le salon. Son cœur s'affola.

Félix était le père d'une adorable enfant, ainsi que le précisa Sabine, qu'elle suivait à l'hôpital. À cinquante-trois ans, il était comédien et adepte d'un théâtre que Laure connaissait bien, celui du XVIIIe. Vous êtes faits pour vous entendre, ajouta-t-elle tout en restant debout et en jouant déjà avec l'encolure de Félix qui, ayant pris place en face de Laure, avait l'air de trouver tout cela très normal. Celle-ci le questionna sur ses rôles, ses interprétations et se lança dans un éloge de Beaumarchais qui sembla autoriser les doigts de Sabine à descendre plus bas sur le torse de Félix, lequel, sans se départir de son aplomb, se défit tranquillement de sa chemise, de ses chaussures puis, le regard toujours fixé sur Laure, de son pantalon et, *the next thing she knew*, Laure évoquait la figure du comte Almaviva en présence d'un bellâtre presque nu. Qui s'approcha, s'assit près d'elle, la dévêtit et commença à souffler sur ses lèvres des baisers et des soupirs qui vinrent y étouffer les noms de Marivaux, Brecht et Bartholo. En revanche, Félix y cueillit le dernier mot qu'elle prononça, *privilège*, le raviva comme une braise et le reprit en boucle jusqu'à le faire spiraler entre ses cuisses qu'il écarta tout doucement.

Debout de l'autre côté de la table basse, Sabine se réjouissait du privilège haletant dont Félix régalait son amie. Elle se déshabilla. Puis elle eut envie d'y goûter elle aussi et s'approcha. Elle voulut s'agenouiller devant, comme Félix, qui d'autorité lui indiqua de s'asseoir près de Laure, si bien qu'en quelques secondes il multiplia par deux confluents et deltas. Laure tourna la tête vers Sabine et Sabine vers Laure. Elles se sourirent sans se toucher. Leurs yeux vagues se pâmèrent jusqu'à se fondre dans la même brume, atteindre le même ciel où menaçait de tonner l'orage. Que leurs cris déchirèrent au même instant. Félix voulut alors pénétrer

Sabine qui le pria de commencer par Laure, laquelle s'abandonna souverainement, comme quelqu'un qui attend cela depuis fort longtemps. La surprise fut en effet de bien belle taille et Félix, en la finissant, lui arracha des cris profonds et caverneux. Puis il termina Sabine dans une chevauchée sonore et fantastique.

Après son départ, les deux amies se lovèrent dans la même félicité, le même terrassement extatique.

Cette soirée scella une nouvelle complicité. Bien que tenue au devoir de réserve, Sabine se mit à évoquer sa vie, son travail, en toute liberté. Ainsi lui parla-t-elle par exemple de l'édit d'Agnès, des cas de conscience qu'il lui causait et de celui de Juvena en particulier. Étonnament, Laure cilla à peine lorsqu'elle entendit le prénom de sa rivale car elle avait changé. Il y avait à cela deux raisons : la tendresse qu'elle éprouvait désormais pour la petite Adèle et la volupté, puisque, après Félix, il y eut d'autres surprises, des coups de queue tapageurs et fabuleux que Sabine faisait chaque fois retentir dans sa vie comme de somptueux levers de rideau. Le désir guidait désormais toutes ses nuits, toutes ses journées, la vie tout entière, si bien que son ressentiment pour Pierre s'en trouva amoindri ; elle ne sut même pas s'il valait mieux pour le punir lui révéler l'existence d'un fils caché ou la lui taire à jamais.

Il n'en fallut guère plus à Sabine pour choisir la clémence et définitivement renoncer à divulguer l'identité du père d'Acteo. D'autant que désormais la sainte petite famille triomphait dans des productions qui semblaient à elles seules réhabiliter des siècles de polythéisme gréco-romain : c'était indiscutable, Acteo, fils de Juvena et de Théo, ainsi qu'on le désignait couramment, raflait la mise au sein de foyers parfaitement homochrones et propulsait la fécondité du pays à des sommets vertigineux. Magnanime, Sabine proposa même au nouveau régime de révoquer l'édit d'Agnès qui condamnait les enfants conçus trois mois avant la promulgation de la loi, ce qui fut entériné le 18 octobre de la même année.

Martin Knopp s'en étonna, pensa qu'il y avait anguille sous roche et que, pour Tabard, l'anguille était à tous les coups baisable. Pensée qui, pour la première fois, lui fit envisager de la rencontrer.

Tandis que leur deuxième hiver s'annonçait, Gisèle ne se lassait pas de s'offrir conjointement à Antoine et à Pierre, mais un matin, à la pharmacie, une rencontre la bouleversa. Elle vit s'avancer jusqu'à son comptoir la sculpturale Biel et, dans la poussette qui la précédait, le petit Acteo, fils de Juvena et de Théo. Aliénor et Marine gloussèrent tandis que Gisèle voulut faire comme si de rien n'était et juguler une ferveur pour cette célébrité qui, certes, confinait à la divinité, mais rationnelle elle était née, rationnelle elle resterait. Elle servit donc Juvena sans se départir de son calme et de son sérieux. Le seul écart qu'elle s'autorisa fut de tendre le cou pour mieux apercevoir le visage d'Acteo, geste dont elle ne sut si elle le regretta ou pas, car, en une fraction de seconde, elle y reconnut les traits de Pierre saillant hauts et clairs comme la voix de la vérité. Elle retint un cri d'effroi et couvrit son trouble en tendant à l'enfant un goodie absurde. Les jumelles n'en finissaient pas de pépier en sollicitant comme les autres employés toutes sortes de selfies complices avec la déesse. Dès lors, Gisèle dut s'avouer ce qu'elle avait occulté depuis plusieurs décennies, à savoir que les filles que lui avait données la semence d'Antoine étaient aussi laides que sottes tandis que celle de Pierre venait d'engendrer un divin spécimen.

Le soir même, elle annonça à ses deux lascars qu'elle mettait un terme à leurs accouplements gémellaires et qu'elle souhaitait revenir à une sexualité plus monogame. Interdits, ils suspendirent tous leurs gestes et attendirent le verdict de son choix. Gisèle alors s'avança vers Pierre, lui prit la main et l'attira dans la chambre en demandant toutefois à Antoine de les suivre.

La fin du protocole de rééducation auquel se soumettait Pierre prévoyait qu'il pût prouver sa bonne foi en se prêtant à des coïts de bon aloi, c'est-à-dire homochrones, avec une ou plusieurs des femmes de son âge. Gisèle jugea que c'était le bon moment puisque, à cette fonctionnalité, elle put ajouter la solennité d'une élection ; elle demanda à Antoine de la filmer sous les assauts de Pierre qui, sans oser pavoiser, l'honora cette nuit-là d'une manière qui marqua ses annales, mot dont, sur le moment, elle ne sut plus s'il prenait un *n* ou deux. Elle demanda ensuite à Antoine de s'éclipser et révéla à Pierre qu'elle avait vu le matin même son fils caché, le sublime Acteo, soi-disant fils de Juvena et de Théo. Il commença par juger la chose impossible puis son sang ne fit qu'un tour ; il enragea contre la révocation de l'édit d'Agnès et entreprit de faire savoir à toute l'industrie du cinéma et au-delà qu'il était le véritable père de ce demi-dieu.

Si on le crut ici ou là, cela ne changea rien à l'affaire car, étant donné la puissance de la propagande, personne ne souhaitait sacrifier la gloire de cette sainte famille au rayonnement d'un Pierre qui pâlissait à vue d'œil, car Gisèle avait beau se dévouer, s'avilir même pour le grandir, jamais, au grand jamais, elle ne deviendrait son trophée. Une déchéance que la vidéo de leurs ébats n'allait pas manquer d'aggraver puisqu'on l'y voyait butiner une fleur sans avenir. Or, qu'ils furent de l'ancien ou du nouveau régime, les hommes aimaient l'amour autant que l'avenir. Mais Pierre se résigna et, dès le lendemain matin, Gisèle adressa son fichier au Dr Sabine Tabard, la grande prêtresse des agréments.

Éreintée, Sabine ne s'assit devant son ordinateur qu'à vingt-deux heures, après avoir pris un bain chaud et enfilé un peignoir. Mais quand elle entendit sonner à la porte, elle craignit de voir surgir un amant oublié dans les marges de son diabolique emploi du temps et pria pour que ce ne fût surtout pas le cas. À sa grande surprise, ce fut Laure qui parut, magnifique, légère et qui « passait par là ». Sabine s'excusa aussitôt et de sa tenue et de ne leur avoir prévu aucune festivité, mais Laure la rassura, lui apprenant qu'elle avait eu son content aujourd'hui, content que Sabine ne questionna pas mais dont elle perçut, avec une pointe de jalousie, l'agaçante polysémie.

— Faites comme chez vous, lui dit Sabine, avec le vouvoiement volontairement froid des libertins qui affectionnent une intimité dénuée de familiarité.

Laure enleva donc ses chaussures, sa veste,

puis se servit très naturellement, et comme si elle l'avait fait toute sa vie, un double scotch. Elle vint se mettre derrière Sabine qui machinalement passait en revue des dizaines de vidéos où des amants copulaient bruyamment pour obtenir l'agrément. Le salon s'emplissait peu à peu de leurs gémissements quand soudain Laure, horrifiée, s'écria :

— Mais c'est Pierre ! Mais c'est Gisèle !

Sabine appuya aussitôt sur pause. Elle scruta les deux visages grimaçants, puis emmena Laure sur le canapé où celle-ci but son whisky cul sec avant d'évoquer Antoine et Gisèle Delmain, leurs souvenirs, le mépris de son ex-mari pour ce couple rangé depuis des années, l'humiliation qu'elle éprouvait à l'idée d'être remplacée par une femme de son âge – la loi n'y avait pas non plus pensé – et, dans un regain de colère, dénonça la stricte improbabilité de ce coït. Non, c'était tout bonnement impossible, elle n'y croyait pas, Pierre ne visait qu'à tromper son monde.

— Gisèle Delmain, non mais quelle vaste blague ! répétait-elle.

— Les images sont très claires, argua Sabine.

— Peut-être mais je vous dis que je n'y crois pas !

— Quand bien même ? demanda Sabine en prenant une voix plus douce.

— Quand bien même quoi ? répliqua Laure.
— Quand bien même il voudrait tromper les autorités, précisa Sabine, tout en pensant plutôt à : quand bien même il coucherait vraiment avec Gisèle. Ne nous croyez-vous pas au-delà de tout cela désormais ?

Sabine posa une main sur la cuisse de Laure.
— Nous ? Au-delà ? s'étonna Laure.
Avant d'ajouter :
— Je ne sais pas...
Et d'entrecroiser tendrement ses doigts avec ceux de Sabine, geste qui lui rappela ses quinze ans, avant de murmurer :
— Quand bien même... con bien m'aime.
Ce fut là le signal. Sabine sourit, huma délicatement les doigts de Laure, puis, après une très légère hésitation, elle se mit à sucer son index, son majeur, longuement, délicieusement. Ensuite, jouant avec sa langue et sa salive autour de ses ongles, elle enfonça tous ses doigts tout entiers dans sa bouche pour les voir en ressortir tout ruisselants, et, quand ils furent suffisamment mouillés, elle les fit glisser sur la jambe de Laure où ils dessinèrent des traînées humides et scintillantes. Laure se laissait guider, voyant ses mains remonter comme celles d'une autre vers le haut de ses cuisses qui s'écartaient peu à peu si bien qu'à la fin, Sabine n'eut d'autre choix que de s'agenouiller entre, devant, et de regarder son sexe comme un tabou palpitant.

Les doigts de Laure l'appelaient, impatients sur ses lèvres, sa vulve, certes un peu flapie, plissée, flétrie, une fleur certes fanée mais qui, sous le souffle de Sabine, reprenait volume et gonflant. Aux textos qu'elles avaient échangés depuis leur rencontre, succédaient enfin les images en 3D d'une Laure revenue du désert, aux prises avec un plaisir que Sabine avait encouragé, fait grandir et qu'elle contempla encore, médusée, salivante, jusqu'à ce que, n'y tenant plus, elle en approchât sa bouche.

Ses lapements d'abord timides se contentaient d'effleurer les bosses et les creux sans y entrer. Puis ils se firent plus vigoureux et, se guidant au son des râles de Laure, plus appuyés, pour devenir tantôt courts et saccadés, tantôt larges et lents épousant toute la courbure du bassin. C'était là une langue qui semblait connaître son affaire, pensa Laure, alors que c'était en l'espèce sa toute première. Et peut-être sa dernière car, ainsi faisant, Sabine se mettait hors la loi. Sa mission, la propagande du régime était formelle, était de redorer le blason des femmes mûres auprès des hommes, et des hommes seulement. Pourtant, en guise de blason, Laure venait de lui offrir une toison d'or et d'argent liquéfiée, si bien que, juste après son dernier spasme, Laure se redressa et voulut à son tour redorer le blason de Sabine dont elle goûta et magnifia effectivement le très bel or. Un vieil or gras, huileux, qui semblait faire rouler sur sa langue une perle joueuse, fuyante, nacre fondante et inaccessible qu'elle finit cependant par durcir et sertir dans les griffes du plaisir.

— Con bien m'aime, furent les derniers mots que les amantes se murmurèrent avant de chavirer ensemble dans un sommeil ébahi.

Et de se réveiller le matin, effarées et ravies à l'idée de pouvoir aussi se passer de tiers désormais. Laure but son café à la santé de Platon et consacra Sabine sa divine moitié.

— Vous êtes mon con sacré.

— Il n'empêche que je bute toujours sur votre Pierre, observa celle-ci.

— Pierre angulaire… pierre qui roule…

— … mais qui n'amassera plus votre mousse, si douce…

L'homochronie faisait donc merveille. À Juvenia, la natalité caracola, la société se regarda comme une sphère en équilibre sur ses propres vertus. Les hommes jeunes exultaient, les femmes mûres aussi. Les jeunes femmes progressaient sur l'échelle de l'autonomie et de l'ambition, se délestant peu à peu de leur ancestral besoin de protection, à l'exception d'un petit groupe qui, sous la férule de Martin Knopp, persistait à penser que l'inégalité des forces physiques entre hommes et femmes ne le ferait jamais totalement disparaître, notamment pendant les périodes de grossesse qui rendaient le corps des femmes encore plus vulnérable, comme aucun corps d'homme ne le serait jamais.

Quant aux hommes mûrs, ils dépérissaient. Comment résoudrait-on la question de l'avenir pendant l'amour ? se demanda Pierre en constatant qu'après des mois fastes son plaisir avec

Gisèle ne pâtissait pas seulement de l'habitude, mais aussi de cette sensation d'horizon bouché qui entravait ses assauts et dont il ne disait mot. Il se contentait de regarder tristement la petite Adèle en déplorant sous les yeux de Gisèle la probabilité qu'il ne la vît pas grandir, quand, un beau matin, celle-ci lui annonça qu'elle était enceinte. Gisèle rougit, se tordit les doigts, bafouilla, redevint exquise comme une jeune fille. Il se troubla, regrettant de ne pas y avoir pensé comme à une possibilité pendant l'amour, et pavoisa tel un patriarche biblique. Il voulut fêter l'heureux événement sur-le-champ et chevaucha Gisèle, comme il avait chevauché Juvena autrefois, c'est-à-dire avec l'enivrant sentiment de repousser une frontière et de planter son drapeau sur une nouvelle terre. Gisèle, elle, n'en finissait pas de rire à l'idée de donner cette fois naissance à Cendrillon, voire à Cupidon en personne, à coup sûr un magnifique rejeton qui lui ferait oublier ses ineptes jumelles. Mais au bout de quelques semaines de ce festin providentiel, Pierre retomba dans la morosité car il comprit qu'une fois n'était pas coutume et que ce qui le grisait par-dessus tout, c'était de chasser et d'ensemencer indéfiniment, pas d'engendrer un malheureux et unique enfant par miracle, sans parler de sa crainte que le nourrisson ne fût mis en danger par l'âge avancé de sa mère.

Le combat de Martin Knopp redoubla de violence quand il découvrit les derniers chiffres de la mortalité masculine. Plus grave que l'épreuve de la retraite, l'interdiction des amours hétérochrones jetait les hommes de plus de cinquante ans dans la mélancolie, la dépression et le cancer à des niveaux jamais atteints et où ni l'environnement ni l'hygiène de vie n'étaient pour rien. Ils mouraient de plus en plus tôt et d'un stress inconnu, si bien qu'on redouta même une nouvelle concurrence entre les femmes jeunes et les autres qui n'auraient peut-être bientôt plus d'autre choix que de se ruer sur les mêmes proies, à savoir les hommes de moins de cinquante ans, ce qui causerait de nouvelles infractions et de nouvelles solitudes.

La figure du grand-père se raréfia et les enfants qui purent se vanter d'une promenade ou d'une discussion avec leur aïeul se comptaient sur les doigts d'une main. On fit donc des enfants de plus en plus tôt pour qu'ils pussent profiter de l'intergénération, ce qui venait contrecarrer l'ambition qu'on avait pour les jeunes Juvéniennes en les pressant de donner des petits-enfants à leur père. En clair, les bonnes intentions initiales ne produisaient plus leurs bons effets.

Où il passait, Martin Knopp martelait ses nouveaux arguments et la nécessité de rétablir d'urgence l'hétérochronie, sans quoi le chaos bientôt gagnerait. À soixante-cinq ans, il s'affichait avec des femmes toujours plus blondes et plus jeunes dans des délits si flagrants que, telles des lettres volées, on ne les dénonçait même pas. Pierre le trouvait inconséquent, vantard, imbécile mais, au sixième mois de grossesse de Gisèle, il se mit à l'envier car Gisèle décréta qu'à son âge et dans son état, elle n'endurerait plus aucune espèce de secousse. Il appela Antoine à la rescousse afin qu'ils pussent au moins reprendre leurs attouchements gémellaires tout prépubères qu'ils fussent. Pierre se résigna, espérant que la naissance de l'enfant lui libérât de nouveau le passage ; il se renseigna sur les meetings de Knopp dont on disait qu'ils étaient très Ancien Régime et prodiguaient des faveurs royales. Puis il décida de s'y rendre secrètement afin de se faire sa propre opinion.

Sabine aussi s'astreignait au plus grand secret. Elle veillait à ne jamais s'afficher sans hommes à ses côtés, voire à continuer d'en inviter quelques-uns chez elle en souhaitant que des paparazzis immortalisassent leur montée des marches. Si elle devait honorer la promesse de discrétion faite à son fils Paul, sa priorité s'appelait Laure désormais.

À force de persévérance, son amie Isabelle obtint enfin de Martin Knopp qu'il acceptât l'invitation à dîner qu'elle lui proposait depuis des mois. Sabine s'y rendit comme à une réunion de travail, sauf qu'elle y alla escortée, escorte où elle inclut Laure, pour le frisson, laquelle ne manqua pas d'émoustiller la compagnie en citant Sade dès l'apéritif. Sabine se félicita que le leurre fonctionnât aussi bien. Knopp n'y vit effectivement que du feu et n'en finit pas d'attaquer le régime et la loi en brandissant ses sinistres chiffres. Et, comme à son habitude, Sabine répondait de sa belle voix grave en invoquant les récentes études parues sur le bonheur grandissant des femmes juvéniennes. Le dîner se transforma donc en guerre des sexes, à l'exception de Laure qui, continuant à l'émailler de ses citations lubriques, semblait indiquer que leur réconciliation fût possible, et même souhaitable. Tant et si bien qu'au bout d'une heure Knopp sentit souffler sur sa joue une brise savante et sulfureuse qui le lassa de ses sempiternels argumentaires. Cédant à son brusque accès de libido sciendi, il laissa la blonde Camelia, jeune Allemande arrivée à son bras, pour venir s'asseoir près de Laure, l'érudite de Sabine. Il chercha pour lui-même la contrepèterie, tricha un peu et se gaussa d'une érudite transformée en chérubine de sa pine qui le fit pouffer de rire sans qu'il s'en expliquât.

Ils devisèrent si agréablement de Sade mais aussi de plongée et de coraux qu'à la fin ni Sabine ni Laure ne fut plus tout à fait certaine que le leurre opérât plus que le charisme de Knopp, qui n'avait pas son pareil pour déclamer dans le texte des poèmes de Goethe et de Hölderlin.

En rentrant, Sabine fit à Laure sa première scène de jalousie.

Quant à Knopp, les charmes de Camelia lui

tombèrent comme des yeux les écailles ; c'était une jeune proie facile, inculte et sans attrait qu'il aurait mille fois bradée pour finir la nuit avec la brune érudite. Il en rêva puis y pensa aussi dans la journée. Il l'imaginait aux prises avec les jeunes étalons du dîner et s'en voulut d'avoir l'âge qu'il avait. Quand, un matin, Camelia lui réclama la énième vigueur qui pour elle ne vint pas, Knopp lui mit un livre de Sade entre les mains et lui demanda d'en lire des passages. Mais comme elle lisait mal le français, écorchait les noms, butait sur tous les mots, il imagina les longs doigts de Laure tournant les pages du livre puis qui le délaissaient pour caresser son vieux corps fatigué : ainsi se voyait-il pour la première fois de sa vie en vieux corps fatigué.

À quelques jours de là, il anima un grand meeting qui s'acheva, comme d'habitude, par des cohortes de jeunes blondes accortes, qui lui promirent, comme à toute l'assemblée, une montagne de douceurs mais, pour la première fois, il n'y goûta pas, se traîna et finit par aller s'asseoir dans un coin. Il regarda sans voir toutes ces vieilles queues affolées tenter de pomper une jeunesse qu'elles n'attraperaient plus jamais et il eut envie de mourir. Pierre s'assit près de lui et se présenta. Ils bavardèrent d'une façon désabusée. Une jeune fille aux yeux turquoise vint leur proposer une dînette à trois mais, blasés, ils lui répondirent qu'ils avaient déjà dîné. Knopp alors lui confia qu'il était tombé amoureux d'une quinquagénaire, une intellectuelle spécialiste du XVIIIe siècle, où Pierre reconnut aussitôt Laure, et il eut beau lui expliquer pourquoi leur mariage avait périclité, Knopp le blâma : on ne quitte pas une femme comme ça, ni pour cette cinglée de Juvena Biel, ni pour une pharmacienne excessivement féconde. Le meeting manqua donc sa cible et Pierre rentra plus abattu que jamais.

Knopp chercha à revoir Laure. Il hanta les couloirs de l'université, erra dans sa rue tel un vieux Werther au lyrisme éreinté. En désespoir de cause, il décida de sonner chez Sabine qui saurait peut-être où la trouver, mais, à sa grande surprise, ce fut Laure qui lui ouvrit.

Elle était seule, il entra. Elle était en train de préparer un exposé sur le libertinage et l'âge, pour les programmes de rééducation de Sabine, précisa-t-elle. Elle ajouta « justement », le troubla et se troubla. Quand elle lui demanda des nouvelles de Camelia, il répondit qu'elle ne savait pas lire Sade. Il la pria de le faire et Laure accepta. Puis, comme il en avait rêvé, sa voix vacilla et ses doigts reposèrent le livre. Elle s'approcha. Elle devint soie et saveur tandis qu'il ne fut que velours et vigueur. Une vigueur qui s'acheva par une délicieuse brutalité et qui fit comprendre à Laure que les hommes lui manquaient. Que les autorités avaient raison de ne pas encourager l'homosexualité féminine même homochrone parce qu'on ne résout jamais aucun problème en le supprimant, et qu'il fallait à tout prix œuvrer pour que les hommes et les femmes pussent de nouveau s'aimer. Elle encouragea Knopp à revenir mais, quand elle le raccompagna sur le palier, Sabine sortit de l'ascenseur. Laure hésita puis, pour calmer la fureur qu'elle décela dans les yeux de sa compagne, d'un ton badin, elle leur proposa d'enterrer ensemble la hache de guerre, tous les trois, ajouta-t-elle suavement.

Sabine commença par refuser, Knopp par se récrier, mais Laure y mit tellement de cœur que, *the next thing they knew*, tous trois se réjouissaient que la hache fût finalement si douce au toucher et si profondément enterrée. Sabine dut se pincer pour y croire, d'autant que chaque fois que les yeux bleus de Knopp se plantaient dans les siens, elle caracolait dans l'azur. De même Laure qui y reconnut le bleu profond de certaines mers du Sud. Quant à Knopp, il goûta tant l'homochronie qu'il y vit la possibilité d'un avenir grandiose et comprit qu'on pouvait mener des combats ineptes toute une vie durant.

Quand leur folle nuit s'acheva, elles le raccompagnèrent sur le palier où Knopp tomba de tout son long. Elles se baissèrent, se penchèrent et l'entendirent murmurer *Ich sterbe.* Comme Tchekhov, précisa Laure, subjuguée. Sabine essaya de le réanimer mais, plus encline à sauver des prématurés, elle ne redonna pas vie à ce vieux corps fatigué.

Le lendemain, on annonça conjointement la mort de Martin Knopp et l'homosexualité du Dr Sabine Tabard qui, contrevenant totalement à sa mission, l'obligea à la démission. Sous le choc de ces deux nouvelles, on ne se demanda même pas ce que les deux ennemis jurés faisaient ensemble à une heure si avancée de la nuit.

Épilogue

Laure coula des jours plus ou moins heureux avec Sabine tandis que Juvena coula définitivement sa bielle. À force d'être divinisée, on la vit renier une maternité qui l'encombrait depuis toujours, proférer des oracles abscons et même léviter sur les plateaux de tournage. De plus en plus terrifié, Théo décida de la quitter pour une femme plus incarnée et de renoncer à ce fils qui, de toute façon, n'était pas le sien.

Gisèle et Pierre accueillirent Acteo dans leur foyer tout en élevant leur petit Cupidon qu'ils avaient finalement, dans un accès de monothéisme, rebaptisé Isaac. Dépitées par l'arrivée de tant de nouveaux fils chéris, les jumelles partirent vivre avec leur père à l'autre bout de la terre.

Sans doute stimulés par tout ce désordre généalogique, Adèle et Acteo grandirent en se passionnant pour les questions de reproduction tardive. Ils devinrent des chercheurs complices et de haute volée. Adèle mit au point un remède qui repoussa *sine die* l'âge de la ménopause, ce qui eut pour effet de faire abroger la fameuse loi du 27 janvier et de donner aux femmes une puissance presque sans limites ; la seule faiblesse qu'on leur connût en effet disparut. Mais, entrevoyant les dangers pour son sexe d'une telle dissymétrie, Acteo n'eut alors de cesse qu'il ne donnât aux hommes le pouvoir de porter les enfants.

Ainsi chacun vola-t-il alternativement le feu à l'autre dans un esprit de surenchère qui éprouva les nerfs de la république de Juvenia, laquelle n'en finissait pas de se décrocher la mâchoire devant tant de révolutions. Cependant, les remaniements démographiques occasionnés chassaient chaque fois par la porte un diable qui revenait par la fenêtre, si bien qu'on somma les deux chercheurs de mettre fin à leur escalade vertigineuse.

Dociles mais nostalgiques de leurs grands incendies, Acteo et Adèle se mirent en quête d'une nouvelle source d'ardeur. Et, un soir, après s'être longuement dévisagés au-dessus de leur paillasse, ils comprirent que cette source était peut-être en eux-mêmes et quittèrent instantanément leur blouse. Ils s'enflammèrent alors l'un l'autre et connurent un plaisir si intense qu'ils renoncèrent durablement à tous ceux de la science.

De la même autrice :

La Fille parfaite, P.O.L., 2022
Clic-Clac, P.O.L., 2019
En découdre, P.O.L., 2019
Les Spectateurs, P.O.L., 2018 ; Folio, 2019
Titus n'aimait pas Bérénice, Prix Médicis 2015, P.O.L., 2015 ; Folio, 2017
Les filles ont grandi, Flammarion, 2010
Une ardeur insensée, Flammarion, 2009
Les Manifestations, Seuil, 2005 ; Folio, 2016
C'est l'histoire d'une femme qui a un frère, Seuil, 2004
Mère agitée, Seuil, 2002 ; coll. « Points », 2003

PAPIER À BASE DE FIBRES CERTIFIÉES

Le Livre de Poche s'engage pour l'environnement en réduisant l'empreinte carbone de ses livres. Celle de cet exemplaire est de :
250 g éq. CO_2
Rendez-vous sur www.livredepoche-durable.fr

Composition réalisée par MAURY-IMPRIMEUR

Achevé d'imprimer en mai 2022 en Espagne par
Liberdúplex - 08791 Sant Llorenç d'Hortons
Dépôt légal 1re publication : juin 2022
Édition 01 - mai 2022
LIBRAIRIE GÉNÉRALE FRANÇAISE
21, rue du Montparnasse – 75298 Paris Cedex 06

43/0769/1